Geronimo Stilton

星际太空鼠

亲爱的新船员，
欢迎加入太空鼠的大家庭！

这是一个在无尽宇宙中穿梭冒险的科幻故事！

亲爱的新船员：

　　我告诉过你们我是一个科幻小说的狂热爱好者吗？
　　我一直想写一些发生在另一个宇宙的冒险故事……
　　可是，所谓的**平行宇宙**真的存在吗？
　　就这个问题，我咨询了老鼠岛上最著名的伏特教授，你们知道他是怎么回答我的吗？
　　他说，根据一些科学家的研究发现，我们所处的宇宙并非唯一，世上还存在着许多不同的宇宙空间，其中有些甚至跟我们的宇宙很相似呢！在这些神秘的宇宙空间，或许会发生许多超出我们想象的事情。
　　啊，这个发现真让鼠兴奋！这也启发了我，我多希望能够写一些关于我和我的家鼠在宇宙中探索新世界的科幻故事啊！而且，我想到一个非常炫酷的名字——《星际太空鼠》！
　　在银河中遨游的我们，一定会让其他鼠肃然起敬！

伏特教授

船员档案

杰罗尼摩·斯蒂顿
（杰尼）

赖皮·斯蒂顿
（小赖）

菲·斯蒂顿

机械人提克斯

本杰明·斯蒂顿和潘朵拉

马克斯·坦克鼠爷爷

银河之最号

太空鼠的宇宙飞船,太空鼠的家,同时也是太空鼠的避风港!

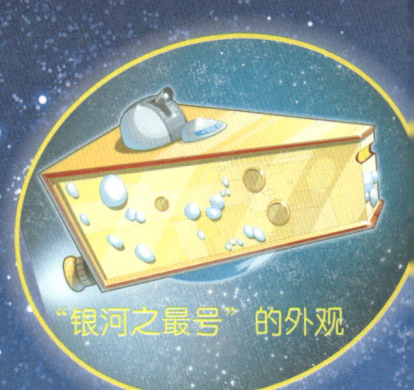

"银河之最号"的外观

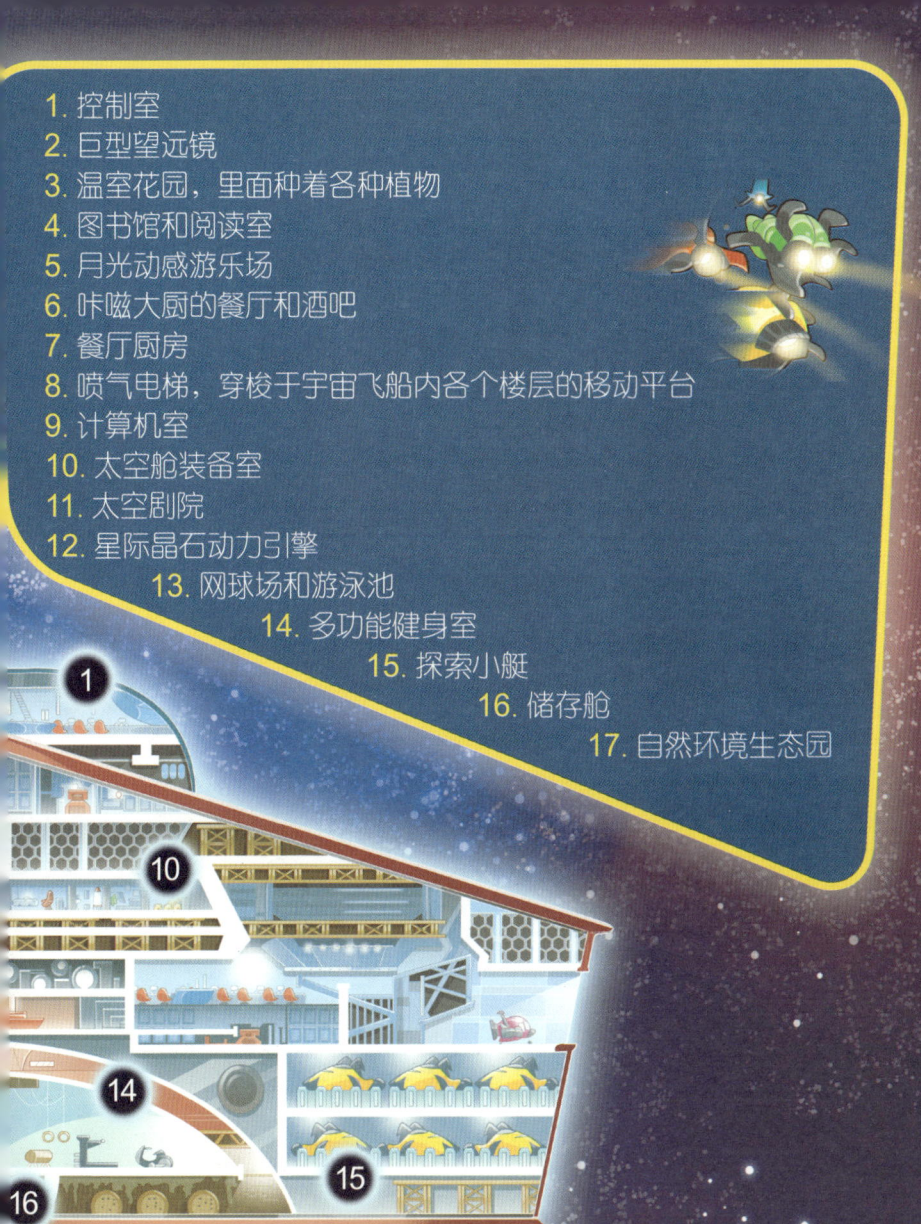

1. 控制室
2. 巨型望远镜
3. 温室花园，里面种着各种植物
4. 图书馆和阅读室
5. 月光动感游乐场
6. 咔嗞大厨的餐厅和酒吧
7. 餐厅厨房
8. 喷气电梯，穿梭于宇宙飞船内各个楼层的移动平台
9. 计算机室
10. 太空舱装备室
11. 太空剧院
12. 星际晶石动力引擎
13. 网球场和游泳池
14. 多功能健身室
15. 探索小艇
16. 储存舱
17. 自然环境生态园

神秘外星生物大集合

这次,轮到我上场了!

"银河之最号"船员守则

1. 保持勇气!
2. 信任和团结你的太空鼠伙伴!
3. 聆听坦克鼠爷爷等老太空鼠的忠告!
4. 保护好本杰明这帮小太空鼠!
5. 珍爱并保护一切外星生命!
6. 智慧永远比暴力管用!
7. 时刻保持镇定和冷静!

图书在版编目（CIP）数据

星际舞会魔法夜 /（意）杰罗尼摩·斯蒂顿著；顾志翔译. -- 成都：四川少年儿童出版社, 2019.10（2021.7重印）
（星际太空鼠）
ISBN 978-7-5365-9621-4

Ⅰ. ①星… Ⅱ. ①杰… ②顾… Ⅲ. ①儿童小说－中篇小说－意大利－现代 Ⅳ. ①I546.84

中国版本图书馆CIP数据核字(2019)第214002号
四川省版权局著作权合同登记号：图进字21-2019-069

出版人：	常　青
总策划：	高海潮
著　者：	[意]杰罗尼摩·斯蒂顿
译　者：	顾志翔
责任编辑：	程　骥
封面设计：	汪丽华
美术编辑：	徐小如
责任印制：	王　春　袁学团

	XINGJI WUHUI MOFA YE
书　名：	星际舞会魔法夜
出　版：	四川少年儿童出版社
地　址：	成都市槐树街2号
网　址：	http://www.sccph.com.cn
网　店：	http://scsnetcbs.tmall.com
经　销：	新华书店
印　刷：	天津联城印刷有限公司
成品尺寸：	195mm×145mm
开　本：	32
印　张：	4.25
字　数：	85千
版　次：	2020年1月第1版
印　次：	2021年7月第5次印刷
书　号：	ISBN 978-7-5365-9621-4
定　价：	25.00元

Geronimo Stilton names, characters and related indicia are copyright, trademark and exclusive license of Atlantyca S.p.A. All Rights Reserved. The moral right of the author has been asserted.
Text by Geronimo Stilton
Original cover by Flavio Ferron, adopted by Sichuan Children's Publishing House Co., Ltd
Art Director : Iacopo Bruno
Graphic Project: Giovanna Ferraris / theWorldofDOT
Illustrations by Giuseppe Facciotto, Daniele Verzini
Artistic Coordination: Flavio Ferron Artistic Assistance: Tommaso Valsecchi
Graphics: Francesca Sirianni
© 2014, 2016 by Edizioni Piemme S.p.A.
© 2018 Mondadori Libri S.p.A. for PIEMME, Italia
© 2020 for this work in Simplified Chinese language, Sichuan Children's Publishing House Co., Ltd
International Rights ©Atlantyca S.p.A., via Leopardi 8-20123 Milano-Italia-foreignrights@atlantyca.it-www.atlantyca.com
Based on an original idea By Elisabetta Dami
Original title: La magica notte delle stele danzanti
www.geronimostilton.com
Stilton is the name of a famous English cheese. It is a registered trademark of the Stilton Cheese Makers' Association. For more information go to www.stiltoncheese.com
No part of this book may be stored, reproduced or transmitted in any form or by any means, electronic or mechanical, including photocopying, recording, or by any information storage and retrieval system, without written permission from the copyright holder. For information address Atlantyca S.p.A.

若发现印装质量问题，请及时与发行部联系调换。
地　址：成都市槐树街2号四川出版大厦六层四川少年儿童出版社发行部
邮　编：610031　　咨询电话：028-86259237　86259232

Geronimo Stilton

星际太空鼠

星际舞会魔法夜

［意］杰罗尼摩·斯蒂顿 ◎ 著
顾志翱 ◎ 译

四川少年儿童出版社

目录

迟到了，迟到了，迟到了！	14
船长，一切都由你来决定！	21
魔幻旋风尾巴？	28
金星烟熏奶昔	33
紧急状况！	36
谁绑架了精灵人？	42
真正的船长一定会做正确的事情！	46
任务开始！	54
光之星	60

2，4，6……手电筒？	68
俘　虏	74
勇敢的精灵人	82
嘘……嘘……嘘……	89
自由了！不，还没有……	95
这个时候，只要笑就可以了	102
交到新朋友真好！	110
准备好举行晚会了吗？	116
星际舞会之夜	120

如果我们能够穿越时空……

如果在银河的最深处有这样一艘宇宙飞船，上面住的全部都是太空鼠……

如果这艘宇宙飞船的船长是一个富有冒险精神又有些憨憨的太空鼠……

那么，他的名字一定叫作杰罗尼摩·斯蒂顿！

我们现在要讲述的就是他的冒险故事……

你们准备好了吗？

快来跟着杰罗尼摩一起去星际旅行，穿梭神秘浩瀚的宇宙吧！

迟到了，迟到了，迟到了！

这个故事始于一个宁静的**清晨**，是的，你们没有看错，我说的是清晨！尽管我是一个喜欢**睡懒觉**的鼠，这天我却是很早起床，走到书桌前坐下工作……我连睡衣也没有换呢！因为**无论如何**我都得尽快准备好我的致辞稿！

但这真不是一件**简单**的事啊！在整整四十五星际分钟的时间里，我**绞尽脑汁**，试

迟到了，迟到了，迟到了！

着咬着我的激光笔帮助思考，又吃了一大块火星巧克力，最后才仅仅写下了半行文字！

对了，我还没有自我介绍：我叫斯蒂顿，杰罗尼摩·斯蒂顿，伙伴们都叫我"杰尼"。我是全宇宙最特别的宇宙飞船——"银河之最号"的船长。（虽然我真正的理想是成为一名作家！）

话说回来，那天早上，为了完成致辞稿，我比往常早起，于是当机械鼠管家照常进来叫我起床的时候，他吃了一惊："请起，请起床，请起……怎么回事，斯蒂顿船长，您已经醒了？"

我回答说："嗯，是的，我正在准备星际舞会之夜的致辞稿！"

什么？什么？什么？你们竟然不知道星际舞

迟到了，迟到了，迟到了！

会之夜是什么？

我的宇宙小行星呀！

这可是所有鼠都期待的一个夜晚！

事实上，在每年的这个季节都有这么特别的一天。这天，**宇宙**里所有的星星都会如**跳舞**一般，在夜空中画出五彩绚丽的图案！

当晚，**光之星**上的居民——**精灵人**，会将他们在一年之中精心准备的礼物送给全宇宙的外星人。整个晚上，宇宙中到处充满了欢乐、友谊和幸福，而我们**太空鼠**也喜欢在这天晚上举行庆祝晚会，互相赠送礼物。

总之，星际舞会之夜是**整个星球**，不，**整个星系**，不，**整个宇宙**里最受欢迎的节日！

所以，我必须为这个晚会准备一段特别的讲

星际百科全书

星际舞会之夜

精灵人会用一整年的时间精心准备礼物，并将它们送给全宇宙的外星人。同时，在这天晚上，他们会乘坐一艘挂有小铃铛的小宇宙飞船，这艘飞船将划过星空，在宇宙里四处派发礼物。

星际百科全书

精灵人

居住地：光之星，一颗外形很像礼物盒的星球

特　长：制作礼物

座右铭：我们的微笑就是送给他人最好的礼物！

话!

但是,机械鼠管家似乎对此并没有太大的兴趣:"斯蒂顿船长,现在是洗澡时间!洗澡时间!洗澡时间!"

我拗不过他,只好走进闪亮泡泡机——这是一台太空鼠专门用来清洁自己的神奇机器!

从机器里出来时,我不禁感叹道:"机械鼠管家,你知道吗?原来用月亮奶酪香味的沐浴露来洗澡能够让我充满灵感!现在,我已准备好继续写我的致辞……啊啊啊啊!!"

天知道是谁把一块又光又滑的肥皂扔在地上……我不小心一个脚爪踩在肥皂上,然后就像一艘飞船穿梭在星星之间一样摔了出去,滑过房间里各式各样的家具。

迟到了,迟到了,迟到了!

救命啊!

当我快要撞到门上的时候,机械鼠管家伸出一只机械手臂一把将我举了起来。

"船长先生,现在可不是玩滑板的时间,**快**

救命啊!

穿衣服!快穿衣服!快穿衣服!"

说完,他立刻将我扔进了衣柜。

当我出来的时候,已经穿戴整齐了。

机械鼠管家再次厉声**催促**道:"船长先生,您必须抓紧时间,您已经迟到了!所有鼠都在**宇宙亚米餐厅**等着您进行晚会彩排呢!"

尽管还有些**晕晕乎乎**,此刻我也顾不上那么多了。我赶紧冲出房间,跳上一辆太空的士,直奔船上的餐厅而去。

船长，一切都由你来决定！

当我走进宇宙亚米餐厅时，我注意到大家都在这里忙碌着，有些太空鼠正在梯子上挂着**彩灯**装饰和**横幅**，有些则正忙于准备礼物上的心意卡，还有一些鼠正在厨房里制作各种**奶酪**甜点。

我的妹妹菲看到我，急忙走过来滔滔不绝道："杰尼，你得检查所有装饰和陈设的摆放位置，还要听一下星际合唱团的排练……另外，你得决定这个晚会到底采用哪一种颜色作为主色调，**维嘉星青苔绿**，还是**金星云杉绿**！"

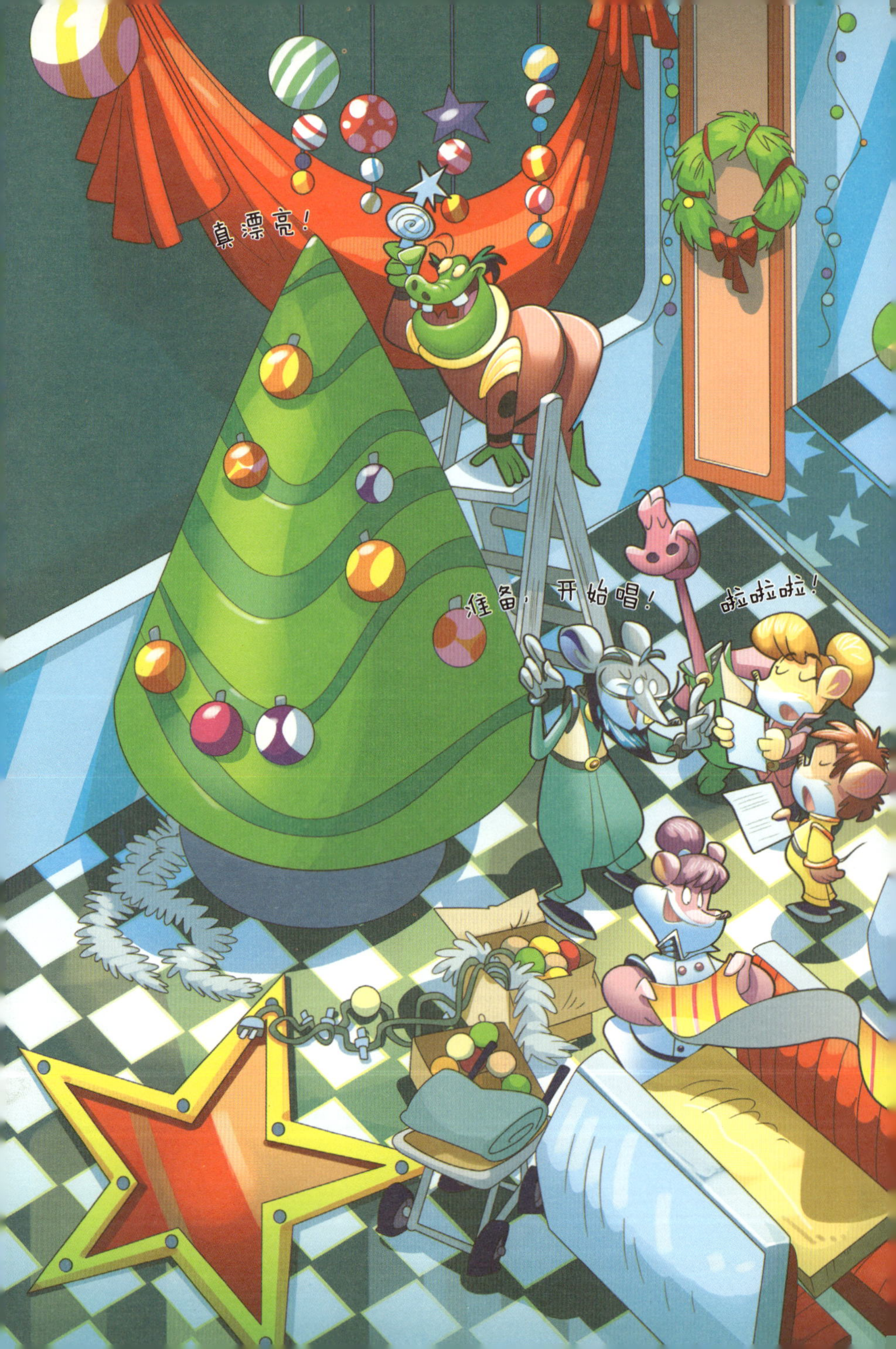
真漂亮！
准备，开始唱！
啦啦啦！

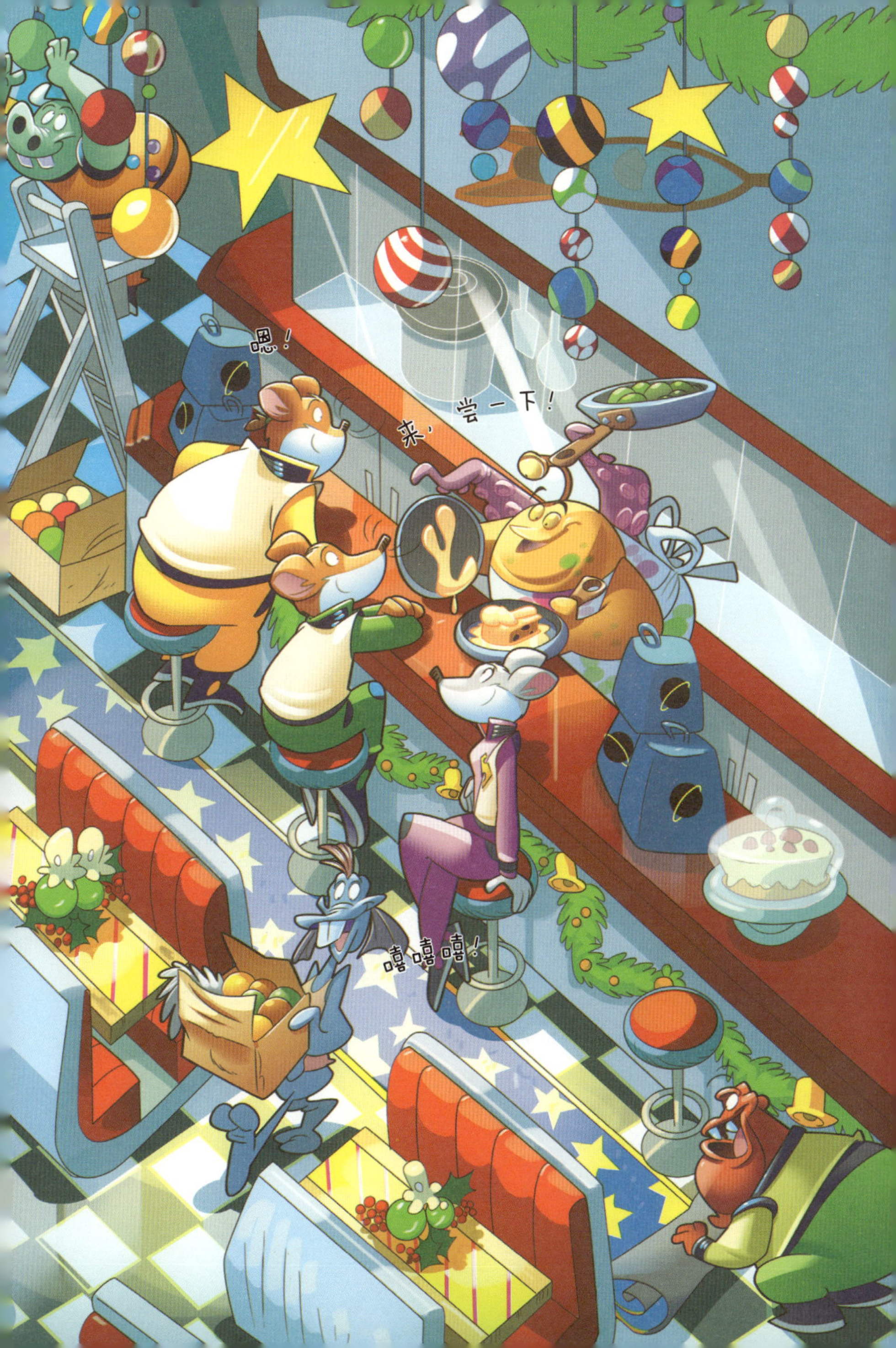
嗯！
来，尝一下！
嘻嘻嘻！

我犹疑地说:"呃……这两种颜色有什么区别?"

菲并没有直接回答我,而是继续说着:"除了这个……我们还有一大堆事情要做!"

说着,她**打开**了一张长长的清单!

可是,为什么?为什么?为什么所有的事情都需要由我来决定?

难道就因为我是船长?

"嗨,表哥!"表弟小赖*手上拿着一盒甜品走过来说,"这些巧克力甜点可真是美味!"

当我伸出手爪想要拿一块尝尝时,他却快如闪电地收回盒子:"啊,不用了,放下你的手爪!你已经有太多事情要做了……还是由**我**来帮你把关晚会的甜点吧!我们分工合作……我都

---

*小赖:赖皮的昵称。

这样帮你了，你难道还不满意？"

当小赖离去的时候，菲在一边不禁**呵呵笑**出声来。然后，她看着我问道："杰尼，你有没有准备好在晚会上给精灵人的欢迎致辞？"

啊，不用了，放下你的手爪！

我的宇宙奶酪呀！我还没有完成我的致辞稿呢！**咕吱吱！**

正当我准备回答的时候，一个熟悉的声音突然在我身后响起："小孙子！直起背，挺起胸！你需要神采奕奕地迎接我们的精灵人朋友，千万别给我们丢脸……明白了吗？"

"早……早啊，爷爷，是……是的，我已经准……备好了……"

船长，一切都由你来决定！

我还没来得及再说什么，**坦克鼠爷爷**就已经开始向我提各种建议……或者更确切些说，他对我在精灵人面前应该怎样表现提出了各种要求。

幸运的是，正在此时，整艘飞船上最有魅力的女鼠，**茉莉·斯芬妮**走了进来。啊，每次我见到她的时候，都感觉自己的双腿像阳光下的奶酪一样在融化！

在星际舞会之夜，我希望能够送给她一份漂亮的礼物，但现在我还没决定具体要送什么！

此时，爷爷注意到我心不在焉，对着我吼道："**笨蛋孙子！**你在听我说话吗？"

我赶紧回答说："是……是的，当然，爷爷，都清楚了，非常清楚，非常非常清楚了！现在我得离开一下……"

船长，一切都由你来决定！

在和众鼠打过招呼之后，我便去寻找"**银河之最号**"上的科学家——费鲁教授，他一定能帮我找到一份完美的礼物来送给茉莉！

我一定会送一份完美的礼物给你！

魔幻旋风尾巴？

这个时候，**费鲁教授** 应该正躲在实验室里研究他的**新发明**吧！

当我走进实验室的时候，我看到他和我的小侄子本杰明在一起。本杰明的手上拿着一件奇怪的**装置**：一个像是**割草机**或是**卷发机**的东西。

本杰明跟我打招呼说："啫喱*叔叔！你是来看 **费鲁教授** 的新发明的吗？"

我走过去拥抱了一下我亲爱的**小侄子**，然后说："你好，本杰明！

*啫喱：杰罗尼摩的简短昵称。

魔幻旋风尾巴？

嗯，是的……很……厉害的发明！太神奇了！可是……这到底是什么？"

费鲁教授 上紧了几颗螺丝，然后骄傲地说："早安，船长先生，请允许我向你介绍一下我最新的发明——魔幻旋风尾巴！"

我仍然是一头雾水："嗯……这个东西有什么用呢？"

"很简单！"他回答说，"这个魔幻旋风尾巴是一个多功能的尾巴美容造型仪器，可以让太空鼠们随时修剪、吹直、烫卷尾巴，甚至能给尾巴编辫子，它将会大大改善'银河之最号'上太空鼠的生活质量！虽然，它还有待调校测试，但是……"

这时，我突然闻到一阵浓浓的奶酪味儿！接着，我听到小赖叫道："我们很快就可

魔幻旋风尾巴？

以调校好它！"只见他用手爪拿着一块夹有冥王星山羊奶酪的面包，冲进了实验室。

我的宇宙奶酪呀！为什么每次小赖做些什么事情的时候，最终倒霉的鼠都是我呢？

我的表弟拿起了**魔幻旋风尾巴**，然后对我说："让我们试试它吧，表哥，只需几秒钟星际时间，我就能给你做一个**太空时尚卷尾！**"

说完，他立刻按下开关，魔幻旋风尾巴如同一只**凶猛的**金星蚊子一样开始嗡嗡直响。

1 魔幻旋风尾巴开始运行起来，嗡嗡直响；

2 然后我的尾巴感觉到一阵刺痛……

魔幻旋风尾巴？

我的宇宙奶酪呀，这玩意儿使我的整根尾巴都感到有些刺痛！

最后，小赖满意地笑着说："真是出色的杰作啊！"

我回过头来看了一眼，简直无话可说了。我的整根尾巴都变成了卷曲的！这下我几乎绝望了！这根可笑的尾巴和我船长的身份完全不配啊！当茉莉看到它时会怎么说呢？一想到这里我都快要哭了。

可小赖却大笑着说："哈哈哈，表哥，难道你不满意吗？要知道卷曲尾巴可是现在整个星系中最时髦的造型！"

③ ……最后我的整根尾巴都变成卷曲的了！

魔幻旋风尾巴？

"不许笑，小赖！"

这时，我瞥见费鲁教授和本杰明都在一旁窃笑。

正当我准备离去时，**咕咕，咕咕**，我突然听到船上的主计算机——全息程序鼠的声音响起：

"黄色警报！
黄色警报！
黄色警报！"

我的宇宙奶酪呀，这次又发生了什么事情？

金星烟熏奶昔

听到警报声,大家赶紧从实验室里跑出来,**直奔控制室!**

本杰明不断催促着我:"啫喱叔叔,快一点,一定是发生了一些**很严重**的状况!"

他说得没错,我们必须赶快去看看,因为警报声越来越响了!

"我们坐喷气电梯去吧!"在我身边的**费鲁教授**边跑边建议说。

哦,不要! 我不坐喷气电梯!

我根本连想都不敢想!

救命啊！

你们知道那玩意儿是怎么运行的吗？

　　我来说给你们听……

　　喷气电梯是一根巨大的**玻璃管道**，它贯穿整艘飞船上的不同地方，方便迅速地**运送**乘客到不同的楼层。怎么运送？很简单：通过一股**强大的气流**将乘客吸到（或是吹到）要去的楼层。

　　每次我从这玩意儿里出来的时候，都是胡子**乱颤**，肚子里翻江倒海的，四爪如同太阳底下融化的**奶酪**一样**瘫软**……

金星烟熏奶昔

啊呀!

我准备向大家建议改乘**太空的士**,但还没来得及说话,小赖就一把抓住我,将我塞进了喷气电梯,同时大声喊道:"**出发啦!**"

很快,一股气流就将我们**托起**,然后我们就如同火箭一般飞了上去。在我走出电梯的那一刻,我的脑袋**晕眩**得像是一杯金星烟熏奶昔一样……

看来我是**永远**、**永远**、**永远**都无法适应喷气电梯的!

我觉得自己快晕倒了!

紧急状况！

我们一赶到**控制室**，坦克鼠爷爷就大声嚷嚷着责备我说："笨蛋孙子！你刚才在哪里？难道你没有听到**黄色警报**吗？黄色警报意味着有**非常严重的紧急状况！**而出现**紧急状况**就意味着你需要**马上**赶到控制室，不，是**立刻**到控制室……也就是说，**你早就该过来了！**"

我试图解释说："呃，事实上，我……"

"你的*尾巴*怎么了？"

"是这样的……我……"

你刚才在哪里?

紧急状况！

但是，爷爷立刻打断了我："闭嘴，小孙子，我不想听解释！现在我们面临一个很严重的问题！"

咕吱吱……**一个很严重的问题？**

我一下**着急了起来**！

不仅仅是因为我们遇到了难题，也是因为此刻茉莉·斯芬妮正**盯着**我那条卷曲的尾巴！

我的宇宙奶酪呀，真是太尴尬了！

为什么，为什么，为什么这一切要发生在我的身上？

这时，菲将我带回了现实之中，她说："杰尼，现在的状况确实非常棘手……我们收到了一条来自光之星的**神秘**信息……"

紧急状况！

"**光之星？**"我向后退了一步说，"**精灵人**生活的星球？我们那些专注于制作礼物的朋友们的家园？那里会发生什么事情呢？"

接着，我努力使自己平静下来，然后用冷静的口吻（特别是茉莉正好在面前）建议说："我们先听一下信息里说了些什么吧！"

茉莉说："是的，船长先生！不过，我要提醒你，我们的接收器显示这条信息并**不完整**……也许受到了星际通信干扰……我们试着听一下吧！"

这时，茉莉按下了接收器的启动按钮，然后……

嗞嗞嗞嗞嗞嗞嗞嗞……

紧急状况！

我们听到的只是一阵嗞嗞的噪音！

"啊！真刺耳啊！这样根本什么都听不懂啊！"小赖捂着耳朵叫道。

全息程序鼠说："我需要先稳定**声波**，然后调节**电磁波的脉冲**……"

我呆呆地看着他问："嗯……这是什么意思？"

全息程序鼠解释说："意味着需要使用光子波来……"

嗞嗞……

"明白了，明白了。"我打断他说，"这都不是很重要。嗯……茉莉，如果你明白他的话，你可

啊？

紧急状况!

以开始操作了吗?"

茉莉点了点头,连续按下了几个按钮,然后说:"好了!现在接收器能够正常工作了!"

尽管那条信息里的声音仍然是断断续续的,但是我们总算可以开始听到一些话语了:

"救……救命!嗞嗞……我们……嗞嗞……囚……嗞嗞……"

接着,信号中断了。

"我们……囚……?这是什么意思?"小赖一脸疑惑地问。

本杰明很快回答说:"恐怕他是想说'我们被囚禁了',吧!"

控制室里,大家顿时安静下来,一片沉寂。

谁绑架了精灵人?

这个信息让所有鼠都面面相觑,因为目前看来一个可能性很大的推测是:我们的好朋友精灵人被绑架了!

是谁干的?为什么?
特别是——**我们该怎么办?**

菲如同看穿了我的想法一样:"我们必须去*光之星*弄清楚到底发生了什么事!而且要赶紧了!精灵人现在很可能有危险……我们已经不能再耽误时间了,这是一个关乎所有**太空鼠**荣誉的任务!"

谁绑架了精灵人？

"菲说得没错，" **费鲁教授** 说，"我们得去救**精灵人**！"

"我们也要去！我们也要去！" **潘朵拉** 和 **本杰明** 附和说，"我们想帮你们一起去救精灵人……"

我打断孩子们说："你们不能和我们一起行动，这个任务可能会有**危险**。"

我们也要去！

"是这样的……如果孩子们留在太空船上的话……" 小赖说，"我也可以留下来陪着他们……"

我的维嘉星奶酪呀！
我的表弟这是在找借口不去光之星吗？

幸好，这时坦克鼠爷爷马上**严厉地**对小赖说："小孙子，这事你就别想了！我们需要联合所有鼠的力量去拯救精灵人！所以，你也得**出发**参与这个任务！"

说完，他转过头来跟我说："当然，还有你，杰尼，你将会是这支派遣队的队长！看你一脸害怕的样子，你还算不算船长了？！"

咕！

爷爷说得没错，我真的怕得要命！

"好……好的，我……我们一定要把精灵人拯救回来……但……但是从谁的手里？"我问道。

费鲁教授 补充道："是呀！到底谁会绑架他们呢？精灵人是一种非常**善良**、非常有

礼貌的生物呢……全宇宙所有的居民都喜欢他们！"

菲非常**坚定**地回答说："想要知道究竟是谁干的，唯一的方法就是马上**出发**去光之星！"

咕吱吱！

我要是能够像我的妹妹那样勇敢和果断就好了！可惜……我此刻只感觉心惊胆战！

真正的船长一定会做正确的事情！

为了解开精灵人的**谜团**，我们立即准备出发前往**光之星**，那儿或许会有**危险**正在等待着我们，说不定我们会遇到那些体形巨大又**凶猛的**绑匪……到时该怎么办才好呢？

一想到这儿，我害怕得连胡子也禁不住发抖起来：我可不是一个擅长执行危险任务的太

救命啊！

真正的船长一定会做正确的事情！

空鼠……**我的梦想是成为一位作家！**

坦克鼠爷爷注意到了我犹豫的表情，说："作为一名船长，有轻松的时候，也有需要认真做事的时候！一位真正的船长，应该很清楚需要做哪些正确的事情！"

我的水星奶酪呀， 爷爷说得没错！我应该去做正确的事……那就是去拯救精灵人！

正在这时，茉莉问道："你们准备好进行**远距离瞬间传送**了吗？"

"早就准备好了！"我坚定地回答道。

于是，我和菲、小赖以及 **费鲁教授** 一起站上了传送装置的平台，然后闭上了**眼睛**……

必须得承认，我非常不喜欢借助**远距离瞬间传送**装置在太空中旅行！

真正的船长一定会做正确的事情!

吓? 呃?

我总是会担心在传送的过程中,自己会不会**少几根胡子**,或者**鼻子不见了**,又或者是**更糟糕的,没了耳朵**!

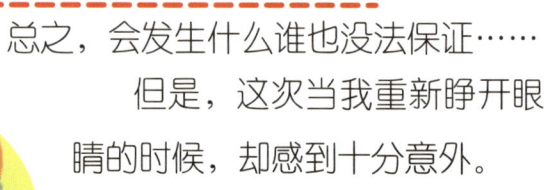

呀!

总之,会发生什么谁也没法保证……

但是,这次当我重新睁开眼睛的时候,却感到十分意外。

"怎么回事?我们**丝毫**也没有移动啊!"费鲁喊道。

茉莉自言自语说:"**奇怪,真是奇怪……**"

接着,她重新按下了启动装置的按钮。

3,2,1……**出发!**

我们丝毫也没有移动啊!

怎么回事?

真正的船长一定会做正确的事情！

"**仍然什么效果都没有！**"菲说。

茉莉又试了一次……

3，2，1……出发！

完全没有动静！

"也许是传送装置出了什么问题……"茉莉略带歉意地说。

费鲁教授推断说："不是传送装置的问题，而是在光之星的大气层里有些东西**阻止**了传送装置。我们得另想办法了！"

我长吁了一口气："**呼**……总算不用被瞬间传送了！可是……我们该怎么**去那里**呢？"

菲建议说："我们可以乘坐我的那艘探索小艇去！"

这时，茉莉笑着对我说："**祝你好运，**

真正的船长一定会做正确的事情!

船长先生!"

啊,多么甜美的声音!我**心中**的女神鼠在祝福我……

这是说明她关心我吗?

于是,我**想着想着**,有些**出神**地跟本杰明和潘朵拉告别之后,就和菲、**费鲁教授**以及小赖一起登上探索小艇。不久之后,我们进入了**星系**的轨道。

祝你好运!

待会儿见!

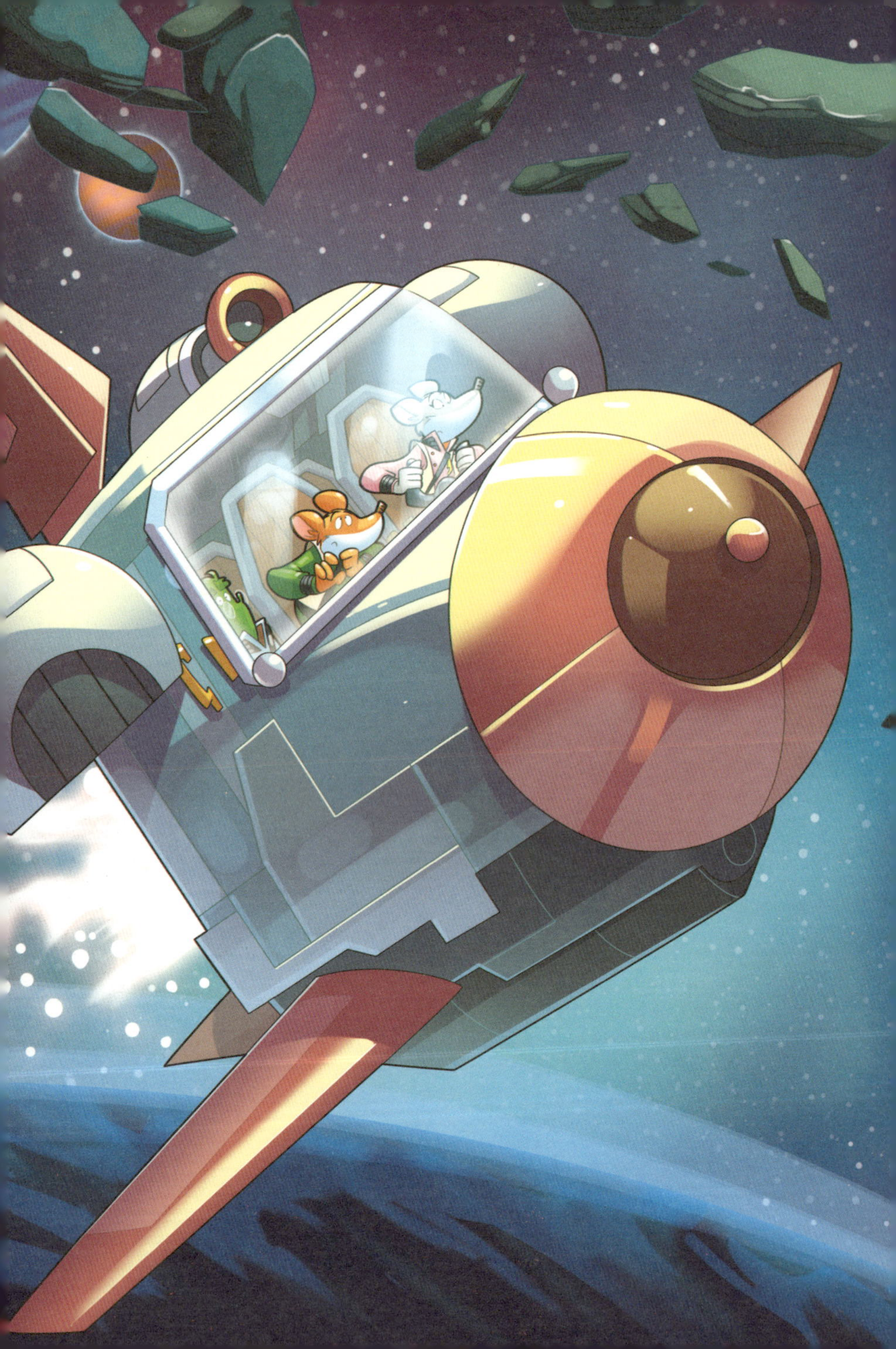

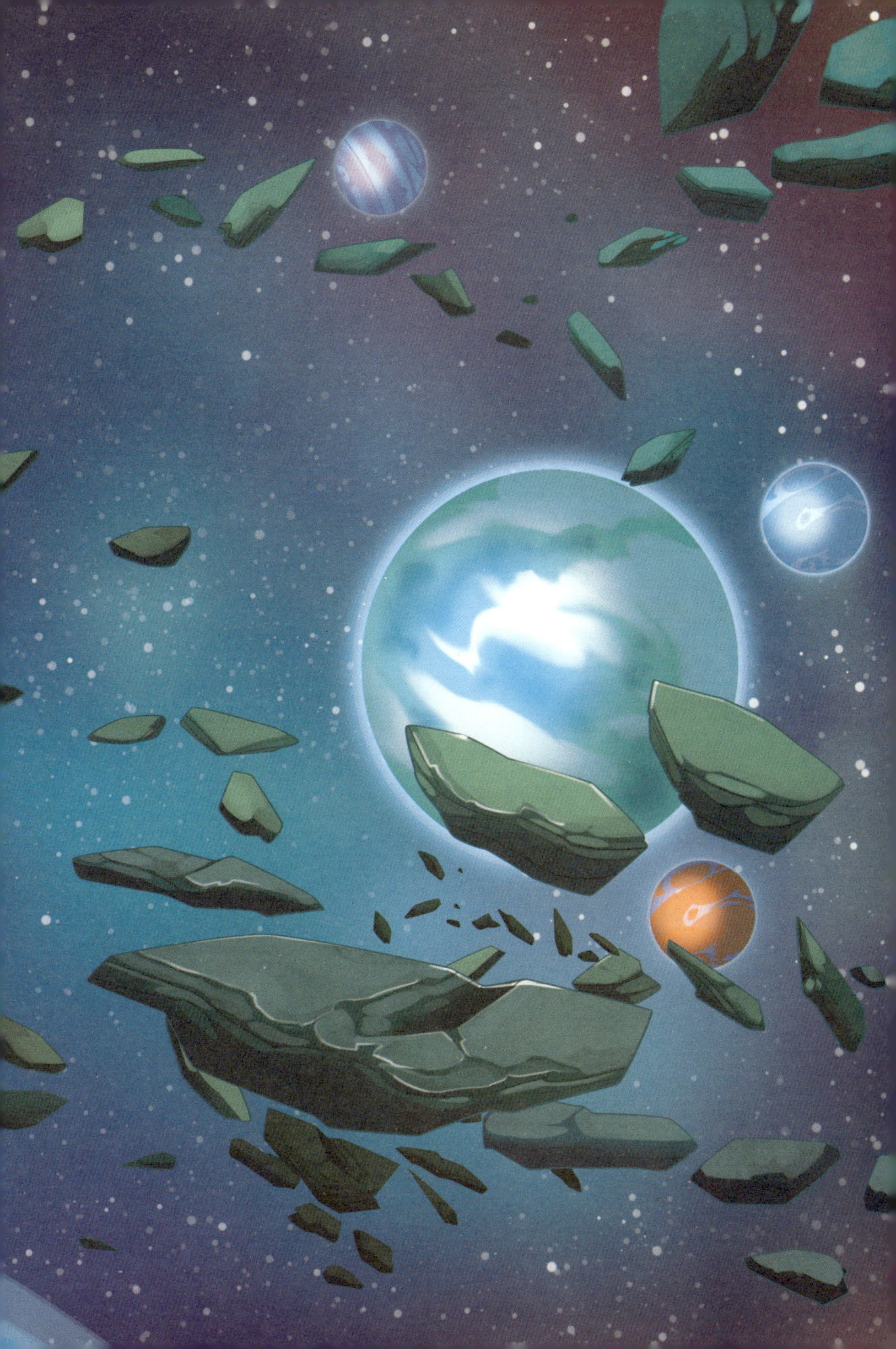

任务开始！

当探索小艇在太空中遨游的时候，费鲁教授一直在摆弄他随身携带的那些装置。

"教授，你带的这一大堆东西，确定都能用上吗？"我问道。

费鲁教授微笑着回答说："我也不确定，但是最好还是做好万全的准备。宇宙中有这么多外星人，有善良的朋友，也有凶残的海盗，谁知道我们会遇到什么危险……"

危……危险？我的宇宙奶酪呀，太可怕了！

任务开始!

我开始害怕得不由自主地发抖,脸色苍白得如同一块月亮奶酪一样。

"嗨,表哥,别再**发抖**啦,你抖得连我都……**啊**……睡不着了。"小赖坐在位子上打了个哈欠说。

我问道:"在这种时刻你怎么还能**睡得着?**"

菲插话说:"杰尼,小赖说的没错!你的情绪已经**干扰**到我驾驶了!"

于是,我重新回到自己的座位上,尝试**保持冷静**……

幸运的是,之前魔幻旋风尾巴的效果已经消失了,我**弯曲**的尾巴重新恢复了正常状态!

任务开始!

探索小艇平稳地航行着,直到我们的耳边突然响起了一阵**奇怪的**嗡嗡声。

"这个声音是从哪儿发出来的?"菲四下张望着问。

嗡,嗡,嗡……

"这应该是小赖的呼噜声!"我回答说。

呼,呼,呼……嗡,嗡,嗡……

"不是的……不过小赖的呼噜声差点儿盖住了另外一个声音。"费鲁教授说,"你们再仔细听听。"

呼,呼,呼……嗡,嗡,嗡……

费鲁教授说得没错,这到底是什么声音呢?

菲大声叫道:"小赖,醒醒!"

直到这时,我才意识到我手腕上的东西正在

嗡，嗡，嗡……

乒、乒、乒……

这是什么声音？

震动:"是我的**腕式电话!**"

是谁在打电话给我?

我立刻按下了通话键。

尽管通信受到干扰而嗡嗡声不断,我还是勉强能够听见茉莉的声音:"**斯蒂顿船长,斯蒂顿船长**……**嗞嗞**……总算可以……**嗞嗞**……联系上你了!"

我立刻回答说:"嗯,是的……有些小干扰……"

茉莉继续说:"船长先生,你们一定要**小心**,我们的通信系统受到较强的干扰,附近好像有一股很强的**能量场**,不断地阻止……**嗞嗞**……"

通信再次变得断断续续了,电话里只剩下嗡嗡声,情况就如我们之前在**控制室**里收到精灵

任务开始!

人传来的信息时一样。

"船长先生,船长先生!"茉莉在电话里叫喊道。

"要恢复通话可能比较困难,但是,请你们仔细听着,我发现在光之星上还有**其他外星生物**,而不仅仅是我们的朋友**精灵人**!"

这下,我吓得从椅子上一下子站起来,叫道:"还有其他外星生物?谁……谁?"

可是,没等我得到回应,腕式电话里的通话就已经中断了。

与此同时,我的叫声惊醒了正在睡觉的小赖,他惊呼道:"发生了什么事?有谁在喊我吗?我是不是错过了什么重要的事情?"

"没有,小赖,现在我们离光之星已经很近了,可以开始准备着陆了!"菲指示说。

光之星

我从来没有见过光之星，但我在《星际百科全书》上读到，光之星是一颗像一个礼物盒似的美丽行星，上面长满了色彩鲜艳的植物。

但是，我现在透过舷窗看见这颗行星，发现它像是熄灭了一样！当我们着陆时，大家感到更加惊讶，因为在这里什么颜色都没有！

费鲁教授皱着眉头说："太奇怪了！这里怎么一片昏暗，到处灰蒙蒙的，简直是迷雾重重！"

光之星

探索小艇着陆的地方距离一个小村庄不远，村庄里分布着各式各样的小房子。

这些房子的屋顶都是尖尖的，并且悬挂着许多**圆球**作为装饰物。但是，和我们在《星际百科全书》上读到的**色彩鲜艳**的描述不同，这里所有的东西全都**死气沉沉**。

四周一片寂静，房子的窗户全都紧闭着，街道寂静无声，甚至连路边的**花朵**也全部垂了下来！

真奇怪！

光之星

在这里，似乎所有的东西都被一层浓雾所笼罩着。到底发生了什么事？

我们继续向前走了几步，小赖叫道："**怎么这里什么东西都看不清啊！**"

费鲁教授 补充道："更重要的是……怎么连一个人影也没有！**奇怪……真是奇怪……**"

正在这个时候，我们突然听到了一阵声响。

咔！

咔！

嗯？那是什么？

光之星

我结结巴巴地说:"我、我想……有、有谁在那……那儿……到底会是谁呢?"

一个可怕的金星人?

或者是一个恐怖的怪兽?

还是一棵危险的植物?

这时,我们背后探索小艇的舱门再次打开了,两个熟悉的稚嫩声音一同叫道:"啫喱叔叔!"

啫喱叔叔!

原来是你们啊!

光之星

我长吁了一口气：是本杰明和潘朵拉！

"孩子们！你们怎么会到这儿来？我不是叮嘱过你们留在太空船上，不要跟过来吗？"

虽然我十分担心孩子们的安危，但此刻还是感到十分庆幸，幸好不是什么危险的外星人出现！

潘朵拉解释说："我们也想要帮助精灵人……"

"而且我们希望能够陪伴着你，啫喱叔叔！"本杰明继续道。

我被孩子们感动了，他们的勇气让我意识到自己也必须更有担当。

这时，菲说："好吧，你们就一起来吧，但是必须时刻和我们在一起。小赖，快拿手电筒来！"

"嗯……但是我们一共只有两支手电筒。"

光之星

小赖说，"而你不是应该至少带上四支吗？笨蛋表哥？"

"我以为**你**会带上的！"我回答说。

"这事应该是你记着的，表哥，因为你才是船长！还是说你连自己的身份都忘记了？**呵呵呵**！"

我正准备以牙还牙，但是菲立刻打断了我俩的争论："我们可没时间在这儿**打口水仗**！大家必须马上找到**精灵人**！"

于是，我们继续前行，穿过了**空无一人**的村庄。

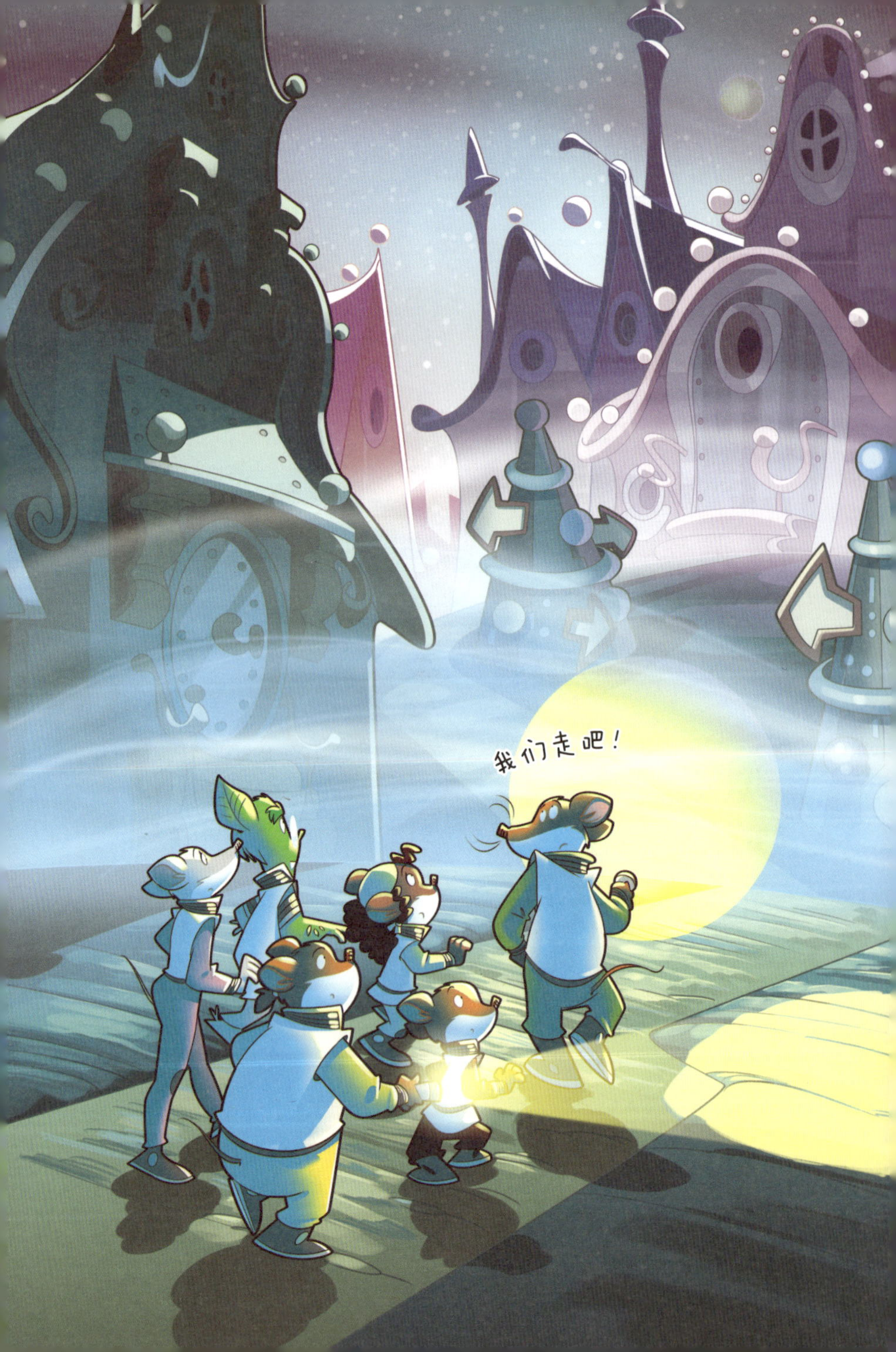
我们走吧！

光之星

尽管我和小赖亮起了**手电筒**，但是我们还是无法加快脚步，因为手电筒的灯光只能照亮非常有限的一点儿距离。

突然，在我们的前方似乎有什么动静。

费鲁教授突然**停下**了脚步，由于我紧跟在他的身后，一鼻子撞在了他的身上。

"**哎哟！**"我痛得直叫唤，"你怎么停下来了？发生了什么事？"

他解释说："船长先生，我发现了一排**脚爪印**！"

2，4，6……手电筒？

脚爪印？**费鲁教授**把**手电筒**照向地面，让我们得以清楚地看到在雪地上有一个巨大的**脚爪印**！

我的维嘉星奶酪呀！我的尾巴都被吓得卷起来了！

对于精灵人来说，这样的脚爪印实在是太大了！

我的妹妹菲仔细端详这个脚印，然后语气**坚定地**说："你们看，前面还有不少……

2，4，6……手电筒？

我们跟着脚爪印走!"

"什么？跟……跟着脚爪印？你……你确定这样做是……是正确的？"我结结巴巴地说着，害怕得连胡子也不停地颤抖起来……

正当我们还在犹豫的时候，两支手电筒突然全都**熄灭**了。

"到底发生了什……什么？"我有些担心地问。

正当我拿起一支手电筒想要**看看**哪儿出了问题时，它却突然又**亮了起来**，光线直接照在我的脸上！

到底发生了什么？

2，4，6……手电筒？

转眼间，手电筒又再次**熄灭**了……

菲猜测说："可能这儿有某种磁场干扰，使得我们的设备无法正常工作……"

正在此时，我突然意识到我们已经被**黑暗**笼罩，迷失在宇宙尽头一颗被**神秘外星生物**占领了的行星上……

想到这儿，我身上的皮毛一阵发麻！

我低声说："本杰明，潘朵拉，你们在哪儿？"

"我们在**这儿**！"本杰明回答道。

"很好，你们千万别走远……"我努力使自己的语气保持镇定，虽然我已经**害怕得不行**！

这时，一个光点引起了我的注意：看上去像是一支正在发光的**手电筒**！

2，4，6……手电筒？

菲大声叫道："做得好！小赖，你把手电筒修好了？你怎么做到的？"

小赖回答说："呃……事实上……是这样的……我其实**什么都没有做**……"

紧接着，我一下子看到了2……4……6……8……个光点！

哦，哦，这不可能是我们的手电筒发出的光，因为我们一共才只有两支手电筒！

突然之间，我似乎明白了，我们已经被神秘的外星生物**包围**了，而我们所看到的光，其实就是……**他们的眼睛！**

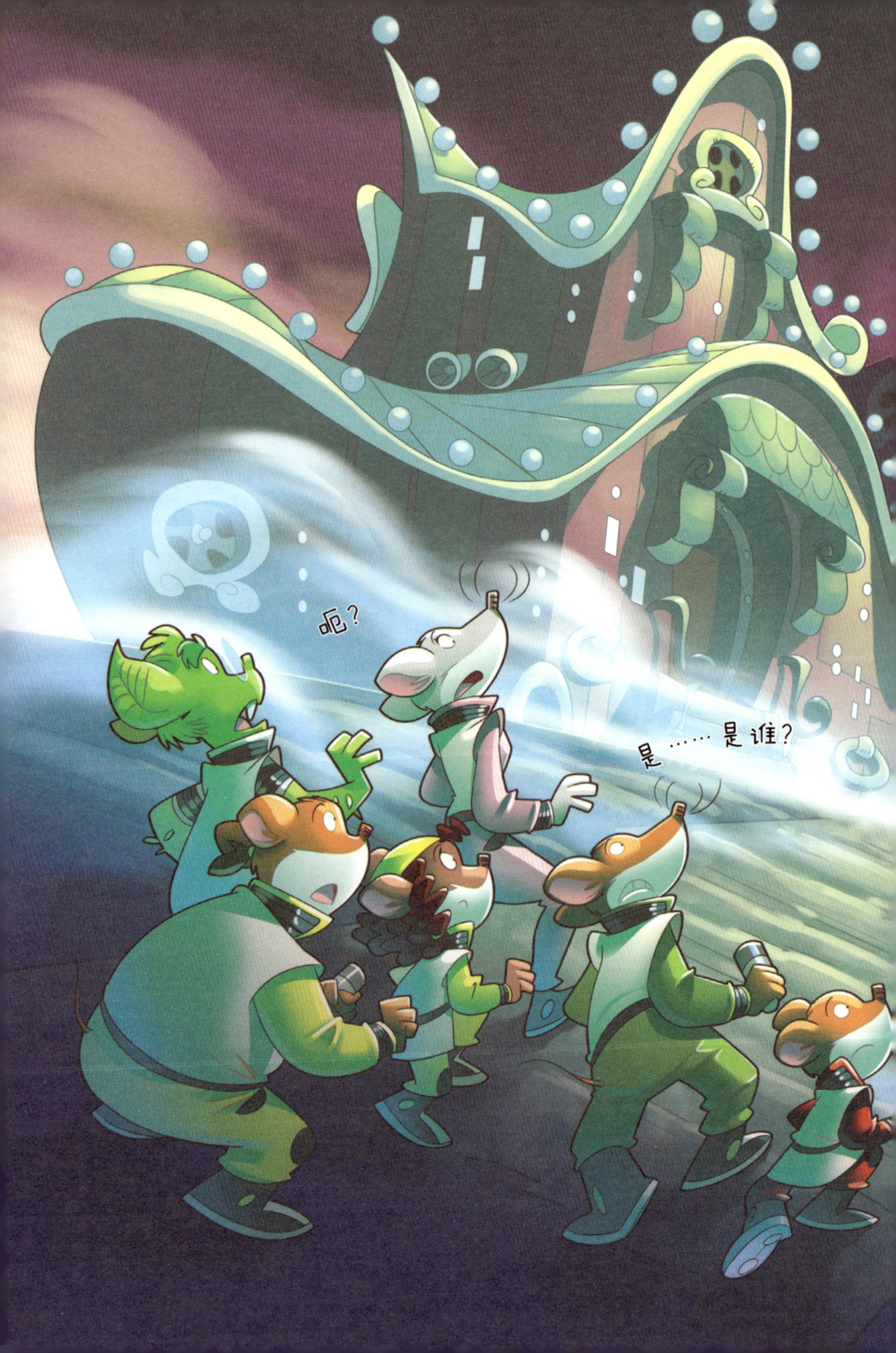
呃？
是……是谁？

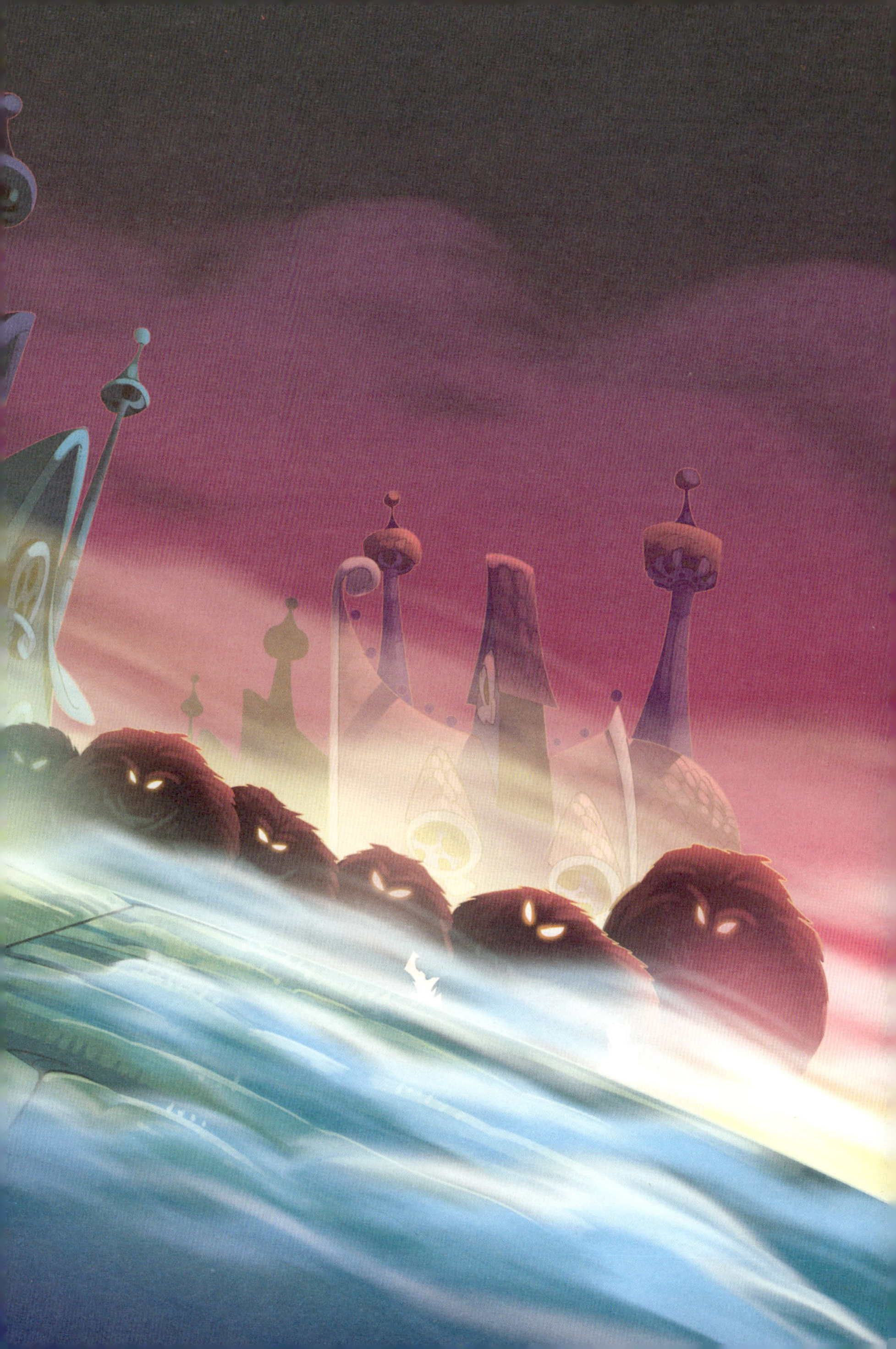

俘 虏

那些外星生物正**气势汹汹**地看着我们,我吓得咽了一口口水。

菲警觉地大叫起来:"我们赶快回探索小艇上去!快点儿,**快跑!**"

快跑!

但是,那些外星生物似乎并不打算让我们逃走,他们如闪电般迅速向我们**跳过来**,将我们抓住并**紧紧绑**起来。就这样,我们还来不及逃走

俘 虏

便被他们控制住了。

由于这里的一切都被黑暗所**笼罩**，我根本无法看清楚四周，哪怕是离我很近的东西，也无法辨别到底是谁抓住了我们……

我的脑海里有着无数个疑问：

1. 这些神秘的外星生物到底是什么？

2. 他们打算带我们去哪儿？

特别是——

3. 我的同伴此时在哪儿？

……

过了一会儿，我听到了开门的声音，里面透射出了一丝微弱的光线。

我**瞥见**和我一起被抓起来的还有菲、小赖和**费鲁教授**，但是却不见本杰明和潘朵拉的踪影！

俘 虏

那些外星生物将我们放到地上，然后打开了一扇门，把我们推进一间有灯光的木地板房间里。

现在，我终于能看清楚这些囚禁我们的外星生物的真面目了！

他们的体形非常庞大，而且身上长满了乱蓬蓬的灰色长毛，嘴里长着几颗巨大的獠牙，外表非常可怕！

我望向费鲁教授，希望他会知道眼前是哪种外星生物，不过他看上去似乎和我一样吃惊。

当我仔细观察了这些外星生物之后，我注意到在他们的尾巴末端长有一颗深色的小球。

奇怪！真是奇怪！

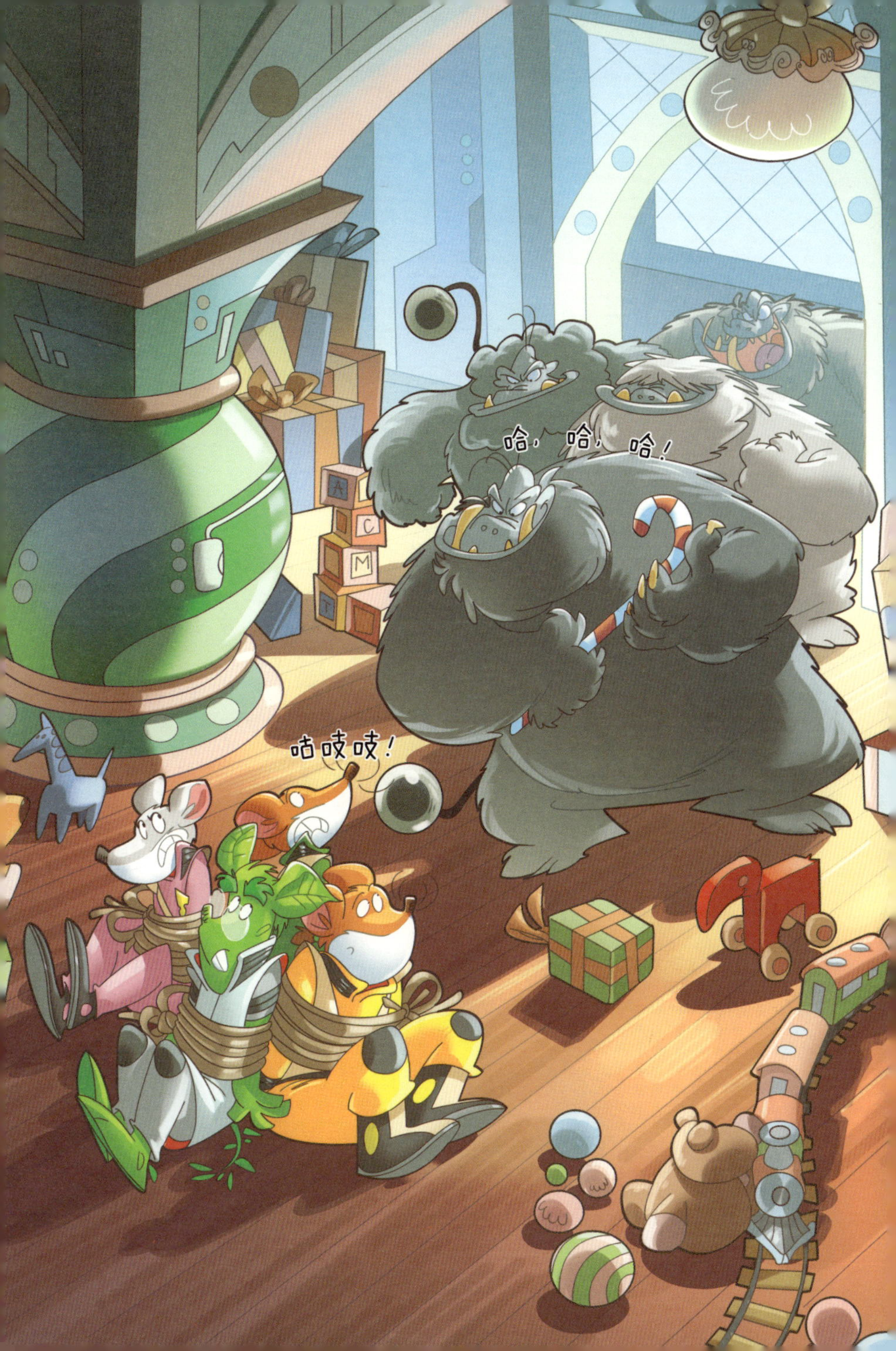
哈，哈，哈！
咕吱吱！

俘 虏

其中一个**大块头**走了过来，面目狰狞的他看上去应该是这些外星生物的头目！

他走过来把我**扶正**，然后上下打量着我，恶狠狠地问道："你们是谁？你们来这里干什么？"

我努力让自己的声音听上去镇定和**勇敢**些，说："我们是太空鼠。我的名字叫杰罗尼摩·斯蒂顿，是'**银河之最号**'的船长！这些太空鼠都是我的同伴。我们来这里是因为收到了我们的好朋友**精灵人**发送的求救信号。反倒是你们，你们到底是谁？你们在光之星干什么？"

外星生物回答说："我们是来自**迷雾星**的**迷雾人**。我叫**威赫**，是迷雾人的首领。我们到这里就是为了抓住精灵人，然后占领光之

星际百科全书

迷雾人

居住地：迷雾星

性格：好斗且脾气暴躁

特点：在尾巴末端长有一个滑稽的深色小球

格言：如果一个迷雾人得不到礼物的话，那他就去把它抢过来！

星！"

菲问道："所以，你们抓走了我们的朋友精灵人，对吗？为什么？他们现在在哪儿？"

威赫**哈哈大笑**起来，回答说："哦……他们在一个很安全的地方！"

接着，他挠了挠头，有些**生气**地说："我们抓走他们，是因为在过去很长的时间里，他们从来都没有送过 礼 物 给我们！一次也没有！所

俘 虏

以，我们决定直接**过来**逼迫他们只为我们制作礼物！"

"这当中肯定有什么误会！精灵人是非常**友善**而且**有礼貌**的……他们一定不会故意不送礼物给迷雾人！"费鲁教授大声喊道。

我们迷雾人从来没有收到礼物！

俘 虏

"有可能是这样吧!"威赫说,"但是,我们迷雾人从来没有收到礼物。**够了!** 现在,时间已经很晚了……我不会让你们来破坏我们的计划!"说完,他对着他身后的两个迷雾人点了点头,命令说,"卫兵,把他们统统扔到**地牢里**去!"

虽然我们尽力挣扎,但是迷雾人实在是太强壮了。我们就像一块块奶酪一样被**带下**楼梯,来到地牢的大厅,这里设有几间单独的牢房。卫兵打开了其中一间,然后我们就被扔了进去。

这下可糟了!

勇敢的精灵人

事态的发展如同一棵**冥王星树莓**一样布满荆棘。我们被关进了一间漆黑的小牢房里,这里守卫森严,根本不可能逃跑!

小赖**垂头丧气**地问道:"现在我们该怎么办?"

菲坐在地板上,闭着双眼若有所思,然后她**叹了一口气**说:"这下**情况可不妙**,而且,现在连

勇敢的精灵人

本杰明和潘朵拉都失踪了……"

我的宇宙乳酪呀! 她说得没错!

我们都不知道孩子们现在身处什么地方!

费鲁教授 说:"我相信本杰明和潘朵拉此时应该很安全。"

"我们得想办法从这儿**逃出去**……"菲低声说。

牢房里顿时陷入了一片沉寂。

为什么? 为什么? 为什么我们没有留在安全的宇宙飞船上呢?

过了很长一段时间,一个**温柔细微的声音**打破了沉默:"这可不容易……"

"**谁……谁……谁在说话?**"我极度惊恐地结巴着问。

"是我。"那个声音回答道。

勇敢的精灵人

"嗯……哪个'我'？"我问。

我们在周围仔细寻找了一圈，终于在一个**角落**里看到一个浑身**绿色**、长着一个像**喇叭**一样的鼻子的外星人。他头戴一顶红色的帽子，身上穿着一件红色的长外套和一条浅绿色的裤子。

"**我的宇宙小行星呀！**这是一个精灵人！"**费鲁教授**说。

精灵人笑了笑说："没错，我叫**路比**，是一个专门制作高级玩具的工匠！"

他的声音**十分优美**，如同**音乐旋律**一般。

我叫路比！

勇敢的精灵人

菲走近路比，然后介绍说："我叫菲·斯蒂顿，很高兴认识你。

"我们**太空鼠**是精灵人的好朋友。我们很感谢你们每年送来的礼物……这到底是怎么回事？其他的**精灵人**呢？"

路比叹了口气，缓缓道出了事实的真相："**迷雾人**人侵了我们的星球，强迫我们只为他们制作礼物。多年以来，他们从未收到礼物，因此现在他们想要独占所有的东西！"

"可是，你们精灵人一直以来都非常友善啊……为什么会从来都没有给迷雾人送过礼物呢？"我有些吃惊地问。

迷雾星

"我们并不是故意这么做的！因为迷雾星常年被笼罩在阴暗的雾里，我们根本看不清星球上的情况。

"所以说，我们精灵人根本就不知道迷雾人的存在！因此，我们从来都没有给迷雾人送过礼物……我尝试着解释给咸赫听，但是他并不相信我的话！现在我的同伴都被他们捉走了，而且由于迷雾人带来的负面情绪，整颗光之星变得雾蒙蒙的……"路比擦了擦眼泪，悲伤地说。

"不要担心，朋友！我们一定能够找到

勇敢的精灵人

办法解决眼前的麻烦!" 我自信地说。

小赖接着问:"那为什么你会在这里,而不是和你的同伴一起工作呢?"

路比**骄傲**地回答:"因为我不干了!我可不想单单只为迷雾人制作礼物!这个**宇宙**里所有的居民都应该有一份属于他

勇敢的精灵人

们自己的礼物！"

我的宇宙乳酪呀！

多么勇敢的小个子！

我和同伴们**对望**了一眼：是时候采取些行动了。

"我们会帮助你的！"我斩钉截铁地说。

然后，菲笑着点了点头：

"**太空鼠团队——**"

"**上下一心！**"

我们大家一起附和高喊。

嘘……嘘……嘘……

我们已经准备好去拯救精灵人了！

路比感动地看着我们说："谢谢你们，朋友们，你们实在是太善良了……我只有一个小小的疑问……"

小赖信心满满地回答："说吧，小精灵人！"

"嗯……我们该怎么从这儿**出去**呢？"他疑惑地问道，"我们现在位于仓库的里面，我们精灵人一般会在这儿分门别类地存放不同的礼物，然后再在**星际舞会之夜**送到全宇宙嘘……嘘……嘘……

去……我很清楚这里的情况，这儿的栏杆非常坚实，墙壁很厚，天花板很高……如果我们没有钥匙的话，实在**很难**从这儿逃出去……"

路比说得没错！

费鲁教授叹了口气说："如果大家随身带着我的**发明**就好了，可惜那些东西现在都在探索小艇上……"

这时，菲忽然竖起了耳朵，说："等一下……我好像听到了什么动静！"

我**四下张望**说："嗯？什么？"

"你们听……有什么东西正在靠近我们……"

我的冥王星奶酪呀！会是谁？是威赫，还是某个卫兵？

"喂……是谁呀？"我颤抖着声音问。

两个细小的声音回答说："啫喱叔叔，是我们啊！"

我一下子认出了这两个声音！

"本杰明，潘朵拉！太好了，你们没事！你们是怎么避开迷雾人的追捕的？"

"我们并没有遇上太多麻烦！"潘朵拉解释说，"迷雾人一开始并没有看到我们，当他们忙着抓你们的时候，我们躲在一间小屋的后面，看到你们被带走之后，我们回到探索小艇并躲进了一个密室里。"

本杰明继续说："然后，迷雾人抢走了探索小艇，把它停到一个巨大的仓库里。由于我们

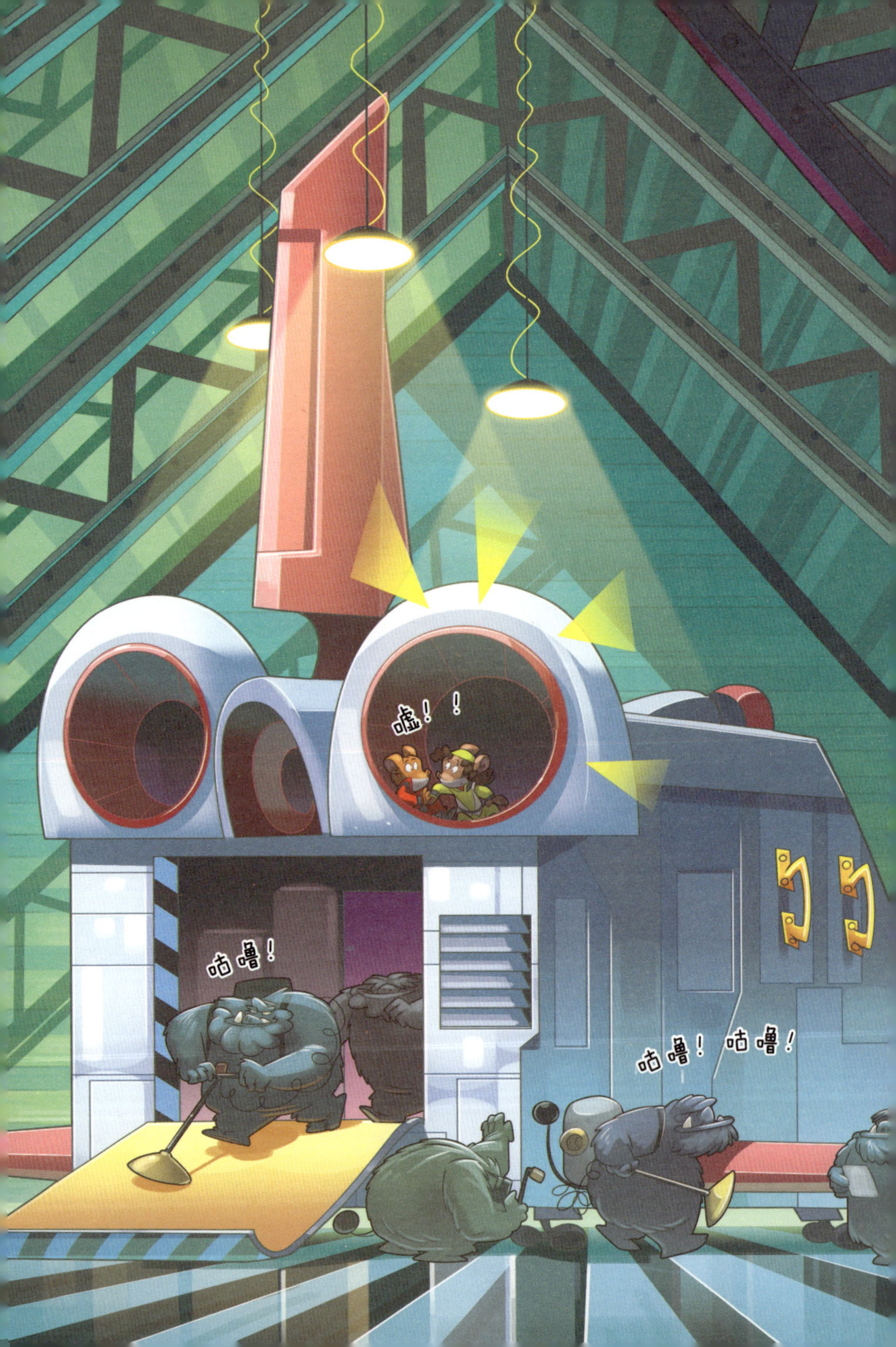

嘘！！
咕噜！
咕噜！ 咕噜！

嘘……嘘……嘘……

藏得太隐秘了，他们直到最后都没有发现我们！我们等他们走远之后才出来，正好看见你们被带到**这里的地牢**，所以我们就跟来找你们了！"

"我们这就想办法放你们出来！"潘朵拉说。

"可是……**你们打算怎么做呢？**"小赖有些担心地问。

直到此时，我才注意到本杰明的手上拿着一件东西……是**魔幻旋风尾巴！**

"**费鲁教授**，你把魔幻旋风尾巴带到探索小艇上来了？"我问。

"当然！"他回答说，"我想它或许会有用……"

"事实上我有一个主意。"本杰明说,"也许,魔幻旋风尾巴不单可以在美容店里用于尾巴美容,我想,我们也可以试试用它来……切开栏杆!"

我的宇宙星系呀,本杰明说得没错!**魔幻旋风尾巴**的刀片非常锋利,不一会儿便切开了牢门的栏杆!

"谢谢了,朋友们!"路比一边说,一边拥抱了本杰明和潘朵拉。

我也紧紧拥抱了一下我的小侄子,然后说:"我们的行动还没有结束呢,我们还要去救其他精灵人。"

"说得对,船长先生!"大家异口同声地回答。

自由了！不，还没有……

我们沿着走廊飞速奔跑，现在已经没有时间再让我们浪费了！当我们来到一扇木门前时，我回头跟大家说："嘘……你们都到我的身后来！"

然后，我将木门打开了一道缝，努力让自己不要发出任何声响。

突然，费鲁教授竟打了一个异常响亮的喷嚏："阿嚏！"

我的千万行星啊！我们得小心一点儿，不然迷雾人就会发现我们了！

阿……

呃？

"教授，请尽量克制一下！"菲低声说。

"哦，对不起，我好像有些感冒了……"费鲁教授一边回答一边擦着鼻涕，发出更大的声响！

嘘！

我的千万行星啊！

如果他继续发出这么大的声音的话，我们很可能会被发现的！

嚏 ！ 呀！

我打开门，看到另一边有一条长长的昏暗的走廊。

真是吓人啊！

自由了！不，还没有……

我们紧贴着墙壁向前走，尽量不使自己暴露行踪。

当我们来到走廊**拐角**时，突然传来了一声巨响，把大家都**吓了一跳**。

路比走上前说："我在前面带路，**斯蒂顿船长**，我很熟悉这里，这儿是通向**工作室**的通道，我们精灵人在那儿生产送给孩子们的礼物……我的朋友们正被迷雾人囚禁在那儿！"

我们跟着**路比**走进了如同迷宫一般的通道中，我们必须加快速度，因为迷雾人会随时出现。

路比转向了**右面**，然后转向**左面**，紧接着又是**右面**，然后又是**左面**……

自由了！不，还没有……

"跟上我，快些！"

小赖吐了吐舌头说："呼……这条通道怎么那么长……我们什么时候才能走到头啊？"

我低声说："**嘘！**小赖，小声点儿！你想让我们再被抓住吗？"

他**不慌不忙**地说："嗨，表哥，别小题大做了！这些通道里根本就空无一人！不如我们跑过去吧，这样可以早些到达出口！"

说完，小赖跑到我的前面去了。

"小赖，你去哪儿？**小心！**"我试图阻止他。

但是，他一点儿也没有想过要听我的话。

菲担心地说："我们快跟上他吧，我可不想他**闯出什么祸来**！"

于是，我也开始跑起来。

"找到了！"当我见到他时，我叫道，然后转身寻找我的伙伴们，"一切正常，伙伴们！"

但是，我并没有在菲、**费鲁教授**和大家的脸上看到**笑容**，大家**一脸惊恐**，同时指着我的身后。

自由了！不，还没有……

当我转过头来的时候，我才明白过来……在小赖的前面，是两只深灰色的爪子，连接着**爪爪**的是一个**庞大的**身躯，在身体的上面有一个**巨大的**脑袋……脑袋上的那双黑色眼睛露出**凶光**。

我的宇宙卫星呀！我们撞见了迷雾人首领威赫和他的爪牙！

我们再次陷入了麻烦中！

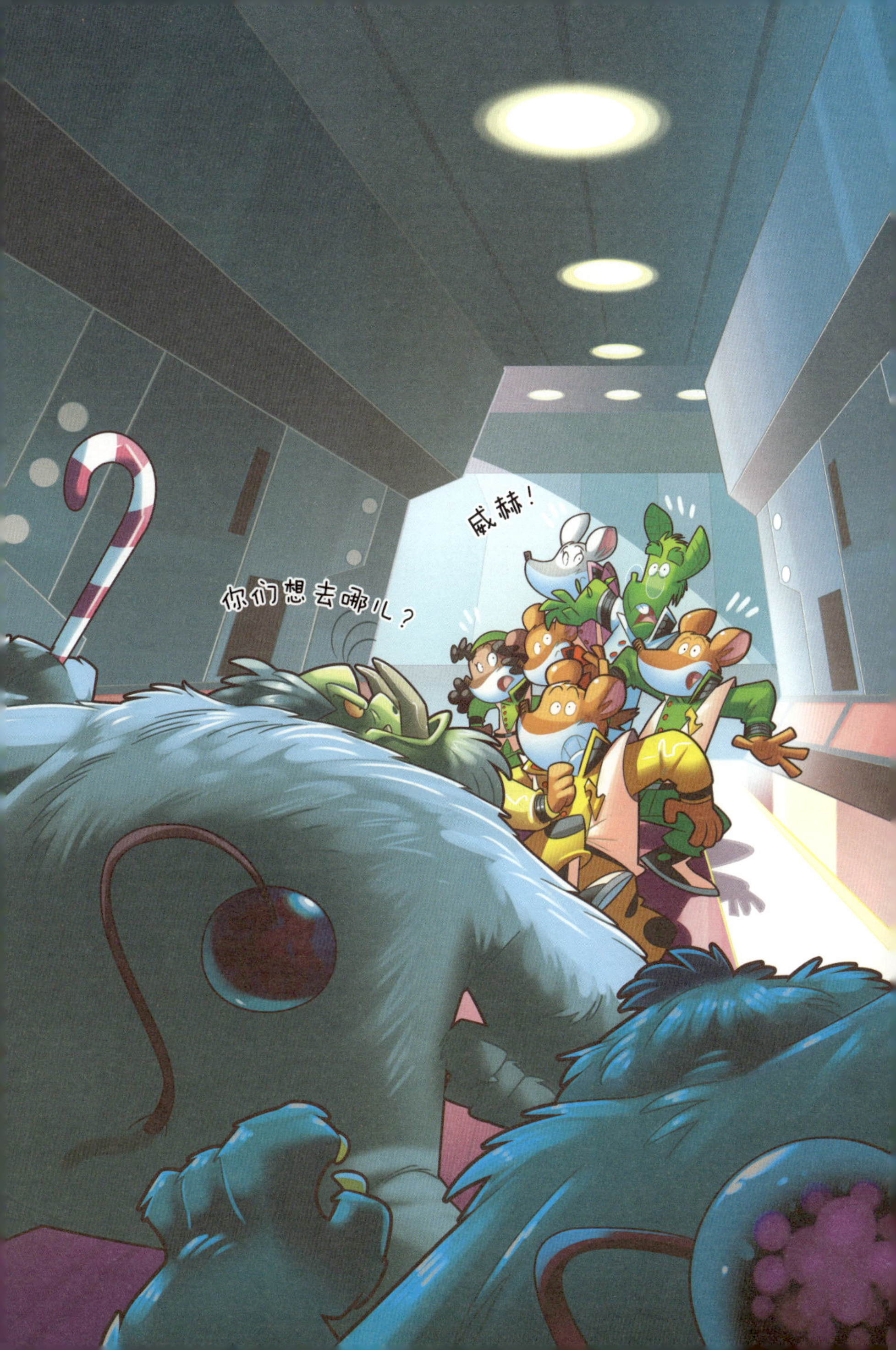
威赫！
你们想去哪儿？

这个时候，只要笑就可以了

迷雾人从走廊的四面八方**围过来**，准备抓住我们。

威赫命令道："卫兵，抓住他们！"

我的妹妹菲大喊道："**快跑！**"

于是，大家开始在这个**迷宫**一般的通道里拼命逃跑。

迷雾人紧跟在我们的后面大叫："你们逃不掉的！"

正当我们快要逃脱的时候，我却不小心被一个落在地上的**玩具**给绊倒了！

这个时候，只要笑就可以了

于是：

1. 我跌倒在地，在地面上**滑行**……

2. 我在滑行时**撞向**小赖，并把他和大家一起拉倒在地上……

3. 大家一同**撞到**墙壁上，我们就像涂在面包上的一大块维嘉星奶酪一样挤作一团。

哎哟！痛死了！

咚！

啊！

救命啊！

这个时候，只要笑就可以了

费鲁教授 揉了揉隐隐作痛的尾巴，抬头看了看前面，尖叫道："哦，完了，他们就在这儿！"

我们已经被迷雾人包围了，但是……

威赫站在所有迷雾人的最前面，在他凶恶狰狞的脸上，似乎出现了某种**奇怪的表情**，一种**从未见过的表情**。

到底发生了什么事？

威赫的脸开始慢慢变得……**通红！**

这时，他的嘴巴**慢慢张大，慢慢张大，慢慢张大**……最后爆发出一阵大笑！

哈哈哈！哈哈哈！哈哈哈！哈哈哈！

"太滑稽了！"他喊道，"你们真是太滑稽了！**哈哈哈！**"

这个时候，只要笑就可以了

这时，一件非常奇怪的事情发生了：他尾巴末端那个原本颜色暗淡的**小球**开始渐渐发亮，然后变成了……**金色的！** 他灰色的毛发也浮现出少许鲜艳的颜色！

我看了看伙伴们，突然明白了："迷雾人尾巴上的那颗小球承载着他们的**负面情绪**！我们得想办法逗他们笑……这样他们尾巴上的小球会变成**金色**，身上的皮毛会变成**彩色**，他们的内心也会变得**善良**！"

其他迷雾人全都目瞪口呆地看着他们的首领，看来他们也从来**没有**见他如此笑过！

这个时候，只要笑就可以了

这时，威赫的身上正在发生着变化，他的毛色从灰色变成了**蓝色**、**紫色**、**黄色**、**绿色**等各种颜色！

他的同伴们见状也开始**大笑**起来。我想现在是时候行动了：我们要让所有的迷雾人都展露笑容！

于是，我和菲开始**蹦蹦跳跳**，小赖则讲起他最擅长的笑话，比如这个：

这个时候，只要笑就可以了

"你知道两只蜜蜂在月亮上会做什么吗？"

威赫摇了摇头："嗯……不知道……"

"度……蜜……月！"表弟说。

迷雾人放声大笑起来。

哈哈哈哈哈哈哈哈哈哈哈哈！

所有迷雾人的身体都开始出现变化，他们已经不再像刚才那样可怕了！

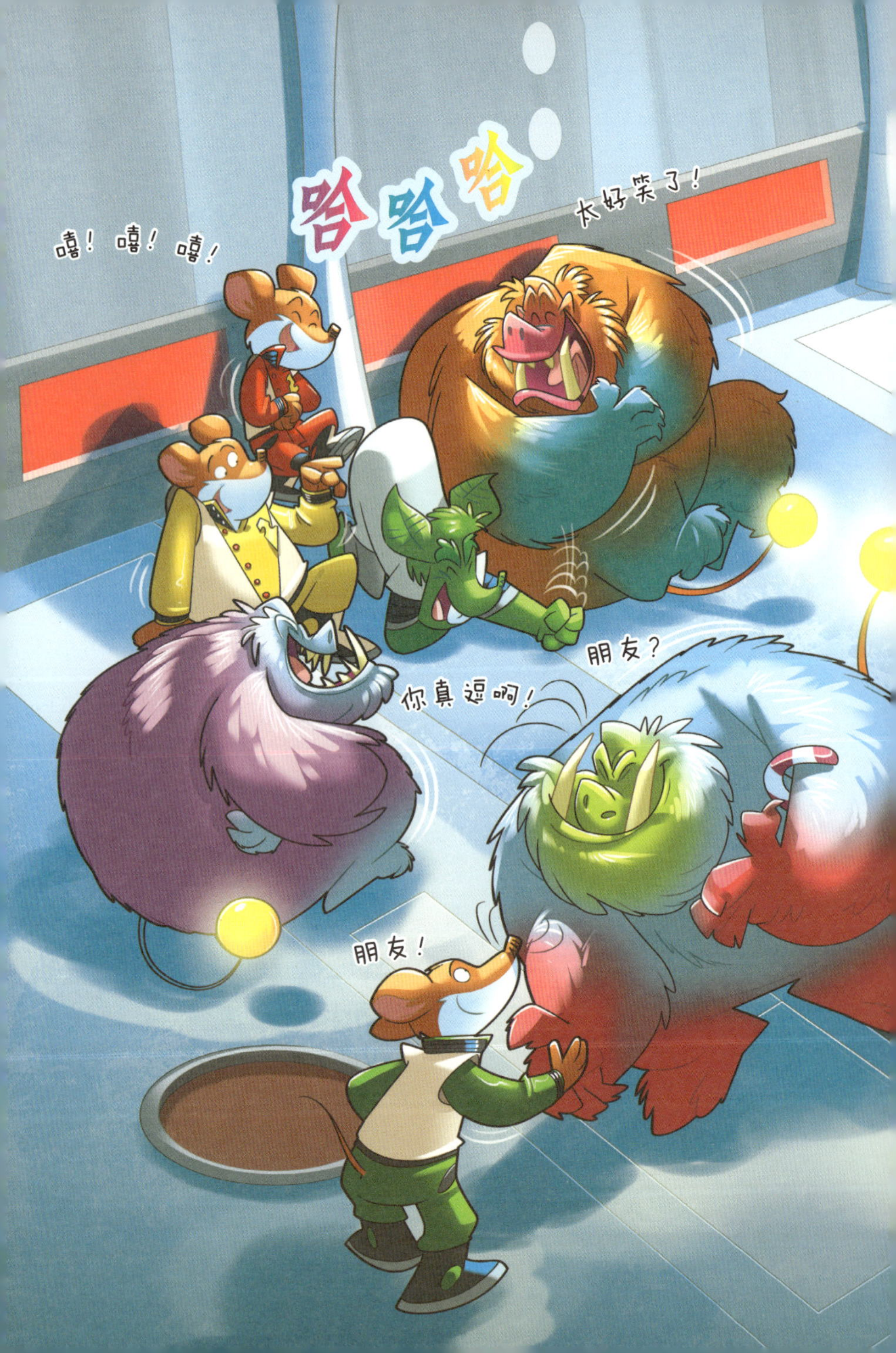
嘻！嘻！嘻！
哈哈哈
太好笑了！
朋友？
你真逗啊！
朋友！

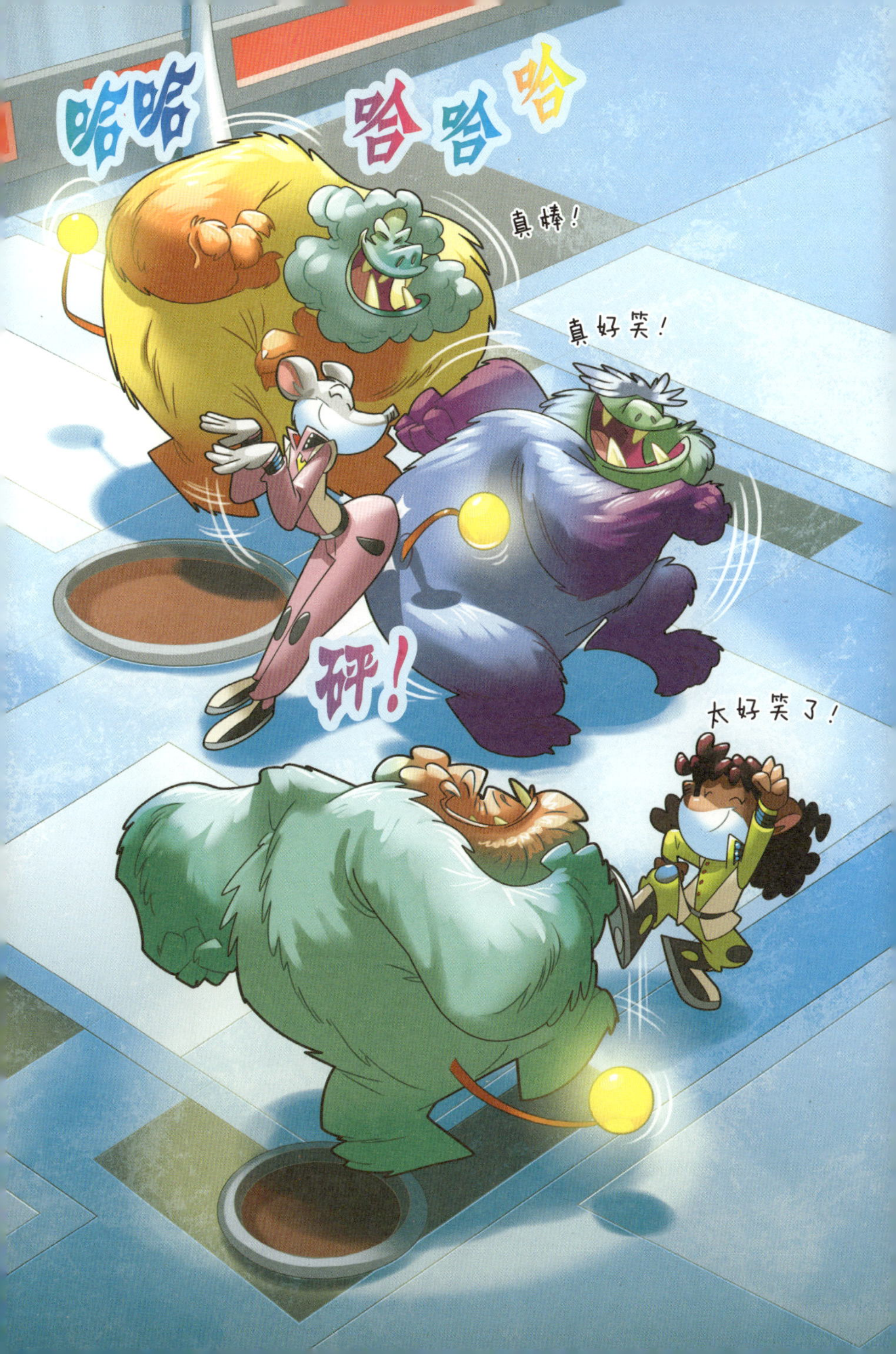
哈哈
哈哈哈
真棒！
真好笑！
砰！
太好笑了！

交到新朋友真好!

大约过了几分钟,迷雾人总算止住了大笑。然后,浑身已经变成蓝色和紫色的威赫将我们带到工作室,紧紧抱住我,感动地说:"太空鼠,谢谢你救了我们!"

谢谢!

交到新朋友真好！

"哦，没什么，我……我并没有做什么了不起的事情！"我有些*尴尬地*回答。

你们也知道，其实我是一个非常谦虚的太空鼠。

"才不是呢，谢谢你们的帮助，让我们感受到*善良*和*慷慨*，这远比**邪恶**和**自私**更让人满足！现在，我们所有迷雾人都变成了彩色的，这意味着我们的内心充满了幸福和快乐！我们想要好好向精灵人道歉……"

就在这时，一群*欢乐*的小生物加入了我们——精灵人来了！

当我们在想尽法子引迷雾人笑的时候，路比已经趁机跑去**释放**了他的同伴。

威赫低头望着精灵人说："我对于囚禁你们这件事感到非常**抱歉**。

交到新朋友真好！

"我们原本只想得到礼物，因为从来都没有谁送过东西给我们，现在我们已经知道**错了**，一份真正的礼物应该是别人发自内心真诚地送出的，它会为大家带来欢乐……**对不起！**"

大家看得出迷雾人确实是真心在道歉，他们全部都低下了头。

路比代表所有精灵人说："**我们不会在意**，我们也感到很抱歉，之前一直没能看到你们的星球，从今以后，我们会给**迷雾星**派发许多礼物……希望迷雾星能够变成一个色彩鲜艳、充满欢乐的星球！希望你们能够体会到收到**好朋友**爱心礼物时的那份感动！"

我的宇宙奶酪呀！**友谊真是一种非常伟大的情感！**

原本的
迷雾星

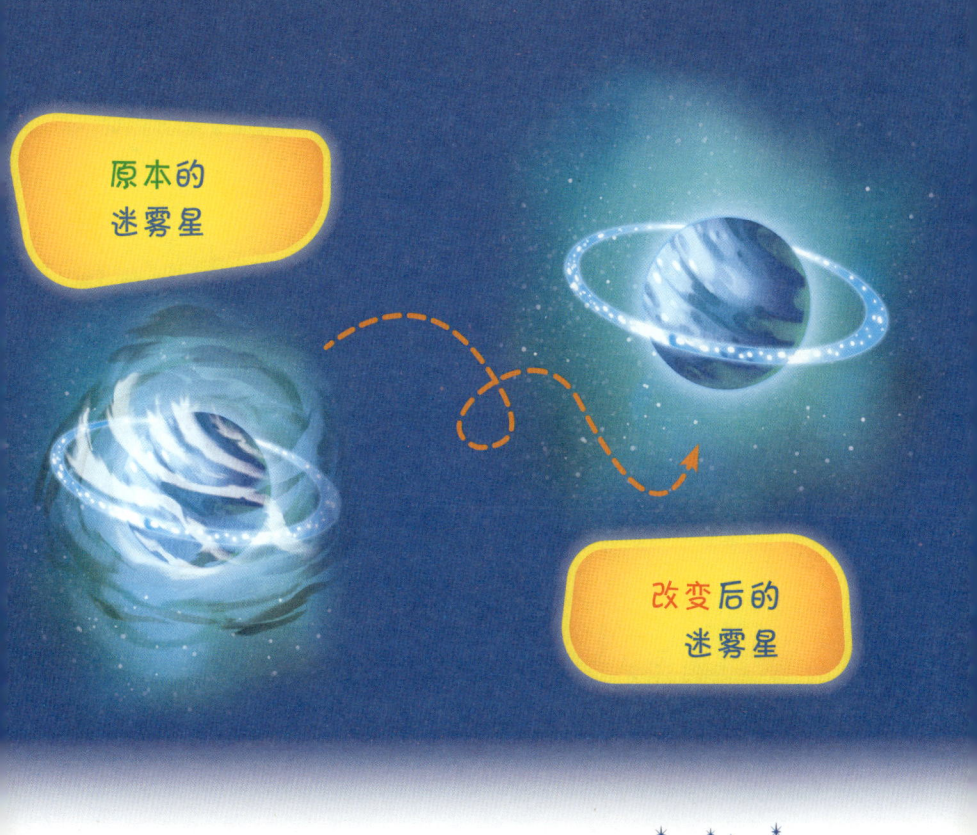

改变后的
迷雾星

我非常感动地说："明天就是**星际舞会之夜**了，我们在**'银河之最号'**上准备了盛大的庆祝晚会。一直以来，我们都邀请**精灵人**朋友来做客，这次我们希望迷雾人也能一起来参加，成为我们**尊贵的客人**！"

交到新朋友真好！

威赫回答说："朋友们，我们**很高兴**能够得到你们的邀请，也很乐意跟你们一起庆祝节日。但是，我们希望帮助精灵人一起制作礼物，以此弥补我们所犯的过失！"

我的宇宙奶酪呀！
这真是一个好主意啊！

精灵人十分感动，他们带着新朋友们走进工作室，开始一起工作起来。

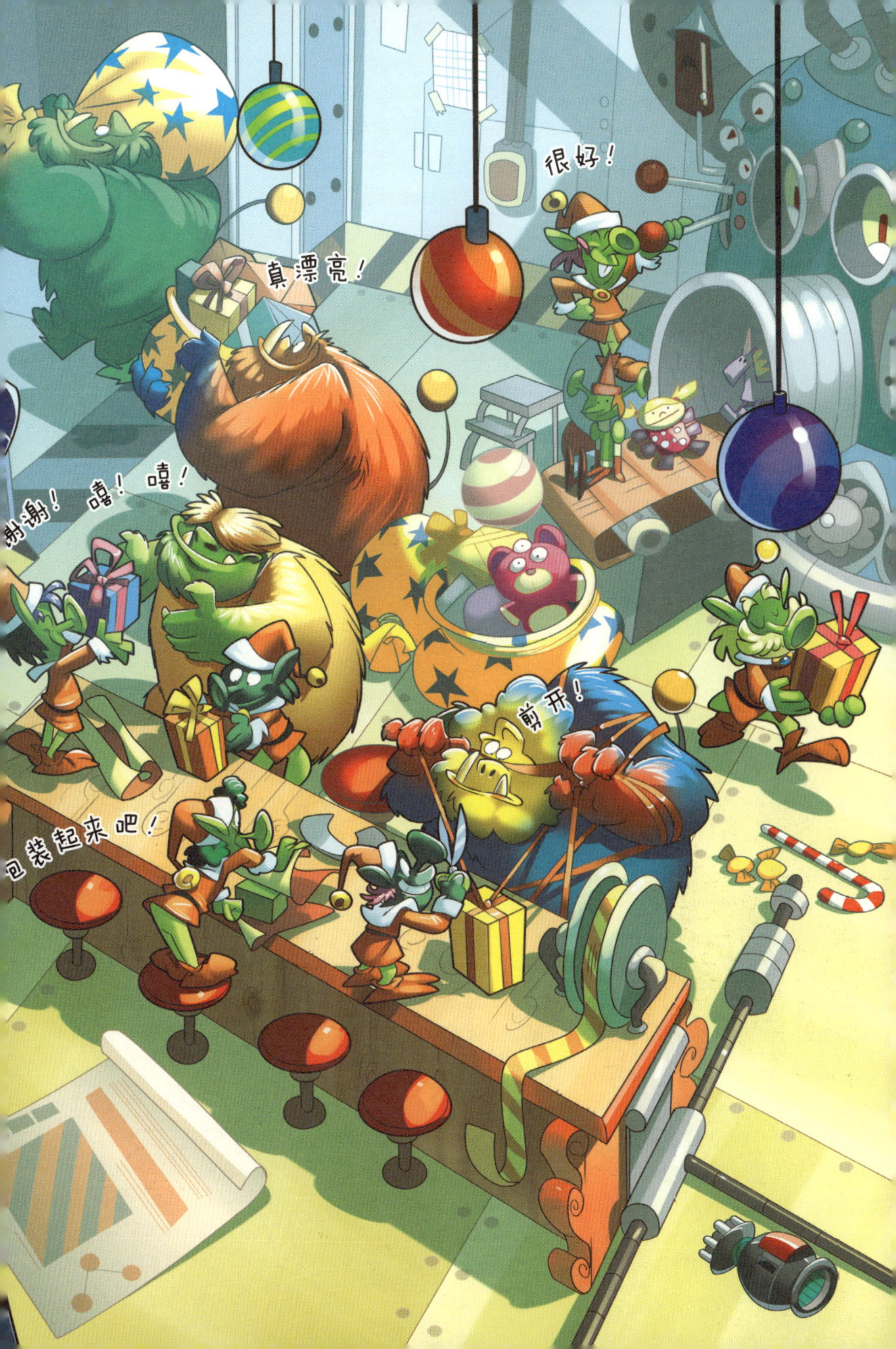

很好！
真漂亮！
谢谢！
嘻！嘻！
剪开！
包装起来吧！

准备好举行晚会了吗？

我们留下了**精灵人**和**迷雾人**继续工作，准备在**路比**的陪同下走回自己的探索小艇。

这些是光之花！

明漂亮的花呀！

准备好举行晚会了吗？

当我们**走出**工作室的时候，大家都被眼前的景象吸引住，看得瞠目结舌。**光之星**已经恢复了原本的色彩斑斓，所有的迷雾已经散去，所有的事物都换上了艳丽的色彩。**草地**上许多紫色的**花朵**深深吸引了我。

路比向我介绍说："这些是**光之花**！"

准备好举行晚会了吗？

然后，他采摘了一大把花儿说："这是一种**特别**的花朵，每当你摘下一朵花儿，另一朵马上就会开花！而且，光之花的花期很长。当别人给你送上这种花时，它就代表了长久的友情和真挚的爱。请拿着它们吧，将这束花送给特别的人，实在**最适合**不过了！"

最后，路比向我们道别："一路顺风，朋友们！很快我们就会再见面的……星际舞会之夜马上就要到了！"

我**笑着**跟他道谢，也许我找到送给茉莉的礼物了！

我们跟路比告别后，踏上了**归程**。

准备好举行晚会了吗？

当探索小艇进入太空航行时，我从舷窗上望向光之星，它已经重新变回**宇宙**中那颗璀璨耀眼的星球了。

当我们回到"银河之最号"时，所有的太空鼠们齐集一处热烈地迎接我们，连**坦克鼠爷爷**看起来似乎也比平日和善。

"**做得好，小孙子！**你成功做到了一个优秀船长应该做的事情！"爷爷说。

然后，他的表情恢复了严肃的样子："星际舞会之夜的事情准备就绪了吗？"

我的外太空小星星呀！

我得赶快回我的房间去完成我的致辞稿了！

星际舞会之夜

第二天晚上，**星际舞会之夜**终于来到了。

此刻，一切都已准备就绪，整艘飞船内部已经完成装饰，船上到处充满了节日的气氛，**宇宙亚米餐厅**里摆满了美味可口的食物。

为了迎接好朋友们，我们太空鼠完成了一项**完美的工程**。

我刚刚改完致辞稿，正在重新校对的时候，外面传来了一阵**欢呼声**——精灵人和迷雾人来了。

星际舞会之夜

我的宇宙星系呀,我得赶紧去迎接我的好朋友们!

路比带领着精灵人和迷雾人一同走出宇宙飞船,**高兴地**跑向我们。他们将一个个**金色的袋子**带到了宇宙亚米餐厅。这些礼物虽小,但是却代表了他们的一片心意!

礼物送来了!

希望大家喜欢!

哇!

好哇!

晚会正式开始，接下来就是我的致辞时间了，我的讲话虽然**简短**，但是却**发自内心**。

我清了清嗓子，说："欢迎你们，精灵人，迷雾人！在这个特别的夜晚，我想由衷地感谢你们。**谢谢**精灵人每年用心做礼物送给我们，**谢谢**你们的爱心和慷慨，对于我们来说，我们之间的友谊是最重要的。同样，我也要感谢迷雾人，**谢谢**你们能够及时发现自己内心的善良和快乐！"

最后，我总结说：

"我们都会给朋友送礼物，因为我们希望对方能够明白他在我们心中的位置！礼物本身的价值是否贵重并不重要，最重要的是这份心意！"

星际舞会之夜

这时，"**银河之最号**"上爆发出一阵热烈的掌声。

我的宇宙奶酪呀！我实在是太感动了！

终于到了拆礼物的时候了，精灵人为我准备了一个我心仪已久的奶酪外形的 书架！

"杰尼，**我们**也有一份礼物要送给你！"威赫说，"是我亲手做的！"

"**谢谢，真是太感谢了！**"我有些激动地说。

"一个迷雾人造型……的雕像！"我笑着对我的新朋友说，"威赫，太感谢了！我非常喜欢！"

星际舞会之夜

这时，一个声音在我的身后响起："小孙子，我也准备了一份礼物给你！"坦克鼠爷爷为我戴上了一条印有许多小行星图案的领带。

"还有我，杰尼！"菲将一把太空网球拍和一张"银河之最号"上多功能健身室的会员卡递给我（尽管我绝对不是一个爱好运动的鼠）。

我的宇宙奶酪呀，大家都收到了很多礼物啊！

我把一束光之花送给了茉莉，她收到时脸上露出了幸福的笑容。

咕吱吱，她真是一位非常有魅力的女鼠！

当我想要告诉她这束花的含义时，天空中的星星开始欢乐地翩翩起舞。

于是，所有鼠都围聚到飞船的舷窗边欣赏这

美丽的景象。

多美丽的景色啊！

我的宇宙奶酪呀，我实在是太幸福了！

尽管我没能告诉茉莉我的感受，但此刻我还是**很高兴**！

因为我已经收到最好的礼物了，那就是和**心爱**的朋友和家鼠在一起，一同享受这个宇宙中最美好的夜晚，观赏窗外**梦幻璀璨的星空**！

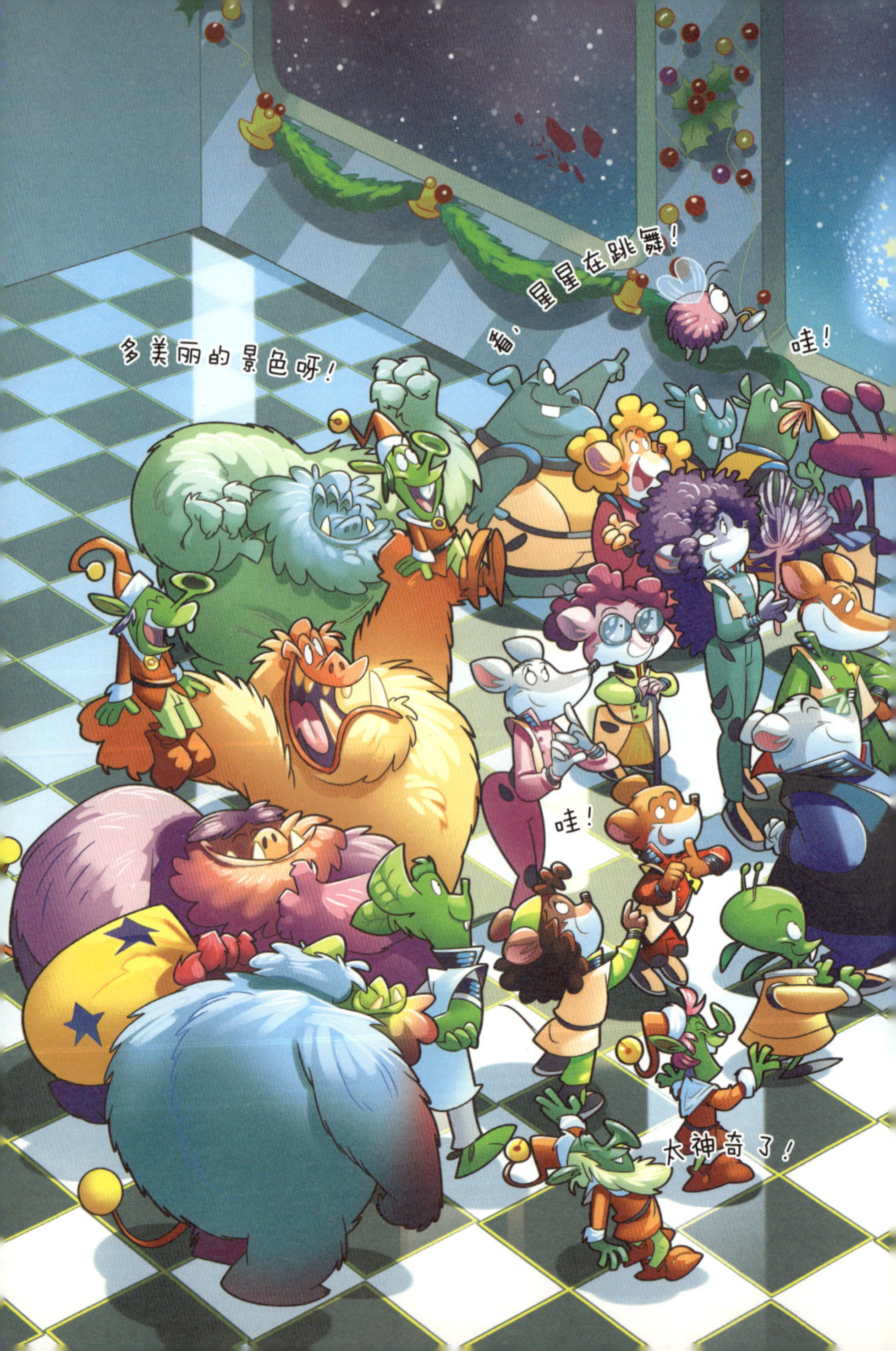
多美丽的景色呀！
看，星星在跳舞！
哇！
哇！
太神奇了！

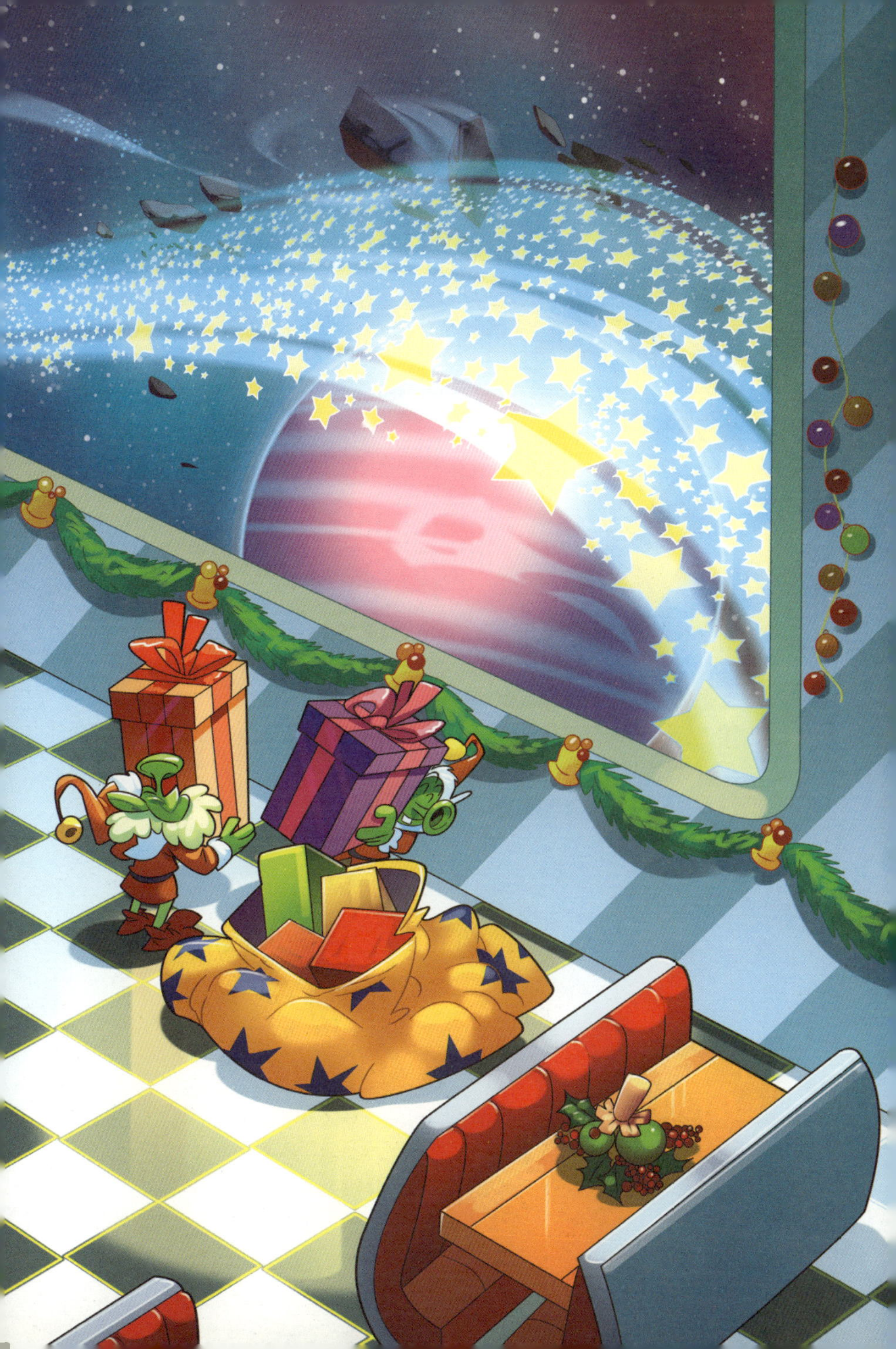

宇宙探险笔记

外星生物档案 II

部分外星生物的信息需要你来补充哦！

精灵人

特点：

力　　量：☆☆☆☆☆
智　　慧：☆☆☆☆☆
危险程度：☆☆☆☆☆
稀有程度：☆☆☆☆☆

迷雾人

特点： 毛发茂密，尾巴末端有小球

力　　量：★★★☆☆
智　　慧：★★☆☆☆
危险程度：★★☆☆☆
稀有程度：★★☆☆☆

贪吃怪

特点： 一种毛茸茸的生物，性情凶猛

力　　量：★★★★☆
智　　慧：★★☆☆☆
危险程度：★★★★★
稀有程度：★★★★☆

欢迎在下面空白处加上你的新发现！

海盗太空猫

特点： 凶狠、狡猾、贪婪

力　　量：★★★★☆
智　　慧：★★★★☆
危险程度：★★★★★
稀有程度：★★★☆☆

奶酪星人

特点： 特别地爱干净

力　　量：★☆☆☆☆
智　　慧：★★★☆☆
危险程度：★☆☆☆☆
稀有程度：★★★☆☆

特点：

力　　量：☆☆☆☆☆
智　　慧：☆☆☆☆☆
危险程度：☆☆☆☆☆
稀有程度：☆☆☆☆☆

特点：

力　　量：☆☆☆☆☆
智　　慧：☆☆☆☆☆
危险程度：☆☆☆☆☆
稀有程度：☆☆☆☆☆

太空鼠船员专属百科

1 杰尼最怕乘坐的喷气电梯，是不是给你留下了很深的印象呢？现在，让我们一起来了解一些关于电梯的有趣知识吧！

第一台电梯诞生于1853年的纽约，其发明者是美国人奥蒂斯。在其问世后一百多年的岁月中，电梯极大地方便了人们的生活，同时，一些有趣的创意也被用在了电梯的设计上。比如在德国柏林，一台电梯被设计成了一个**移动**的水族馆，电梯的乘坐者们，可以在上下的过程中观赏一千多条热带鱼围绕电梯游动的**美景**！此外，据一些媒体报道，一种新的"未来电梯"已经在构想当中。按照设想，除了传统的上下移动，这种电梯还将具备**平行运动**的功能，从而实现将乘坐者送到建筑内任意地点的设计目的。

2 迷雾人的皮毛会伴随他们情绪的转换而变换颜色。和迷雾人一样，地球上也有一种动物会根据它们的心情来变化体表颜色哦！

变色龙主要生活在地球上的东半球，这种学名"避役"的**奇妙**爬行动物，其皮肤颜色会伴随环境、温度和心情的变化而变化。除了通过变化体色来融入**环境**、逃避天敌，很多种类的变色龙，还会利用肤色的变化来表达情绪或与同类交流。比如，当一只变色龙感到**愤怒**、**兴奋**的时候，它的颜色会变得非常鲜艳；而当它身体不适时，它的颜色可能会变得非常**暗淡**。

一起来发现书中的一些小秘密吧!

新船员，现在轮到你上场了！

1 星际舞会之夜结束后，杰尼发现了一件很糟糕的事情——在之前逃走时，他们竟然把魔幻旋风尾巴忘在了精灵人的工作室里！这可不是一件开玩笑的事情！现在，请你赶快在第16章里找到魔幻旋风尾巴吧！

2 迷雾人威赫现在和精灵人成了好朋友，瞧，他正卖力地帮助精灵人分礼物呢！在他面前有两堆礼物共72个，其中，第一堆里的30个礼物和第二堆里的15个礼物要分给太空鼠，两堆礼物剩下的一共39个礼物要送给叶绿星鼠。这时，小赖忽然问威赫："你知道两堆礼物各有多少个吗？"威赫这下可傻眼了！你能帮帮他吗？

报告船长！我是菲……

你被耍了，表哥！

哇啊！！！

哈哈哈！整个宇宙都是我的！

亲爱的新船员，
你们喜欢读星际太空鼠的冒险故事吗？
请大家期待我的下一本新书吧！

3 你还记得吗？在星际舞会之夜，杰尼的妹妹菲送给了他一把太空网球拍。其实，之前在"银河之最号"上，她一直把这把球拍随身带着哦！你能找到这把球拍的踪迹吗？友情提示：菲很重视这把球拍，即使是工作时也会随身带着！（关于太空网球的更多信息，可以在《极地星拯救任务》里看到哦！）

4 又是一年星际舞会之夜，这一次，精灵人可没忘记给新朋友迷雾人送上新年礼物！路比来到迷雾星后，请一群迷雾人排成一排，然后开始送礼物。从左面第一个迷雾人开始，路比每隔两个人送一束光之花；从右边第一个迷雾人开始，路比每隔4个人送一块光之星巧克力。最后，有10个迷雾人既得到了光之花，又得到了巧克力！现在，你能算出路比面前有多少个迷雾人吗？

所有答案都在这一页和上一页，请你仔细找哟。

我是斯蒂顿船长！菲，快报告在外太空的探察情况！